探險日 01

怪物

U0073774

魔力最強者即為王。

在名為傑洛的世界，這條不成文的規則決定了人類國家的政治體系。魔法師的能力強弱成為決定所握權力之大小的依據，最強的魔法師立於一國頂端，成為國家的秩序與法理、公平與正義的守護者。

在以魔力作為萬物的衡量基準之下，沒有魔力的人無權參與政治，有魔力的家系成為睥睨一切的貴族，數百年來始終如一。過去也曾有人質疑這種情況，並且試圖扭轉，但最後全都以失敗收場。先不論那些貴族的凝結力，無魔力者想要對抗魔法師，就像是空手對抗利劍一樣，彼此之間的實力差距大到令人絕望。

雷莫、亞爾奈、艾芬、夏拉曼達，四個不同的人類國家，卻同樣遵守著相同的規矩。對傑洛的人類來說，服膺魔力最強者的統治，已經變成了跟呼吸一樣自然的事情了。

然而，凡事總有例外。

在過去，曾有一名魔法師站在山峰的最頂端，俯望著一切。

如果將那位魔法師的力量冠上無敵之名的話，應該沒人能夠反對吧？他的魔力無與倫比，只靠靈威就能震服所有怪物，一擊就能把山脈擊碎，隨手就能讓湖泊蒸發。

「既然魔力代表一切，那麼就服從我吧。」——魔法師這麼說了。

如果這名魔法師出生於其中一個人類國家的話，想必可以如願坐上王者的寶座，至少也可以得到極高的權位。然而，這名魔法師卻不屬於人類四國中的任何一國。

沒有人知道這名魔法師的過去，他就像是憑空出現的星辰，出現在眾人所仰望的天空之中。

就算「魔力最強者即為王」乃是傑洛的定律，但是面對這樣一個突然出現、既無身分血統、也沒有靠山支持的神秘魔法師，眾人當然不可能乖乖聽從他的話。四國之王一邊嘲笑這個自不量力的傢伙，一邊派人將他剿滅。

這樣的舉動，揭開了「大戰爭」的序幕。

——傑洛的人們，終於見識到何謂最強。

神秘魔法師沒有任何手下，他靠著被他靈威所震懾的怪物，掃滅了四國的軍隊。孤身一人的他，讓世人看見了魔力究竟能夠無所不能到何種地步。

人們對於力量總是抱持著憧憬，但神秘魔法師的力量已經超過了他們所能理解的境界，進入未知的領域了。

人們對於未知的事物，一向心懷恐懼。

於是，神秘魔法師得到了「魔王」這樣的名號。

神秘魔法師狂妄地以歐蘭茲（OREZ）作為自己的名字，其義為「顛覆傑洛（ZERO）之人」。歐蘭茲並沒有辜負他的名字，整個傑洛因他而動盪不安，不只是人類四國，就連其他種族也被牽連進去。

大戰爭持續了九年，最後以魔王歐蘭茲的敗北作為結束。人們將這個禁忌的名字封入記憶的最深處，開始過著新的生活。經過一百年以上的歲月，人們淡忘了那段過去，歐蘭茲變成了故事與傳說的題材。

可是，歐蘭茲不在了，並不代表他所留下的東西會就此消失。

在大戰爭時期，歐蘭茲的足跡遍及傑洛各地，他以無人知曉的手法建造了無數的藏身地點。據說，歐蘭茲將無數的金銀財寶埋藏在那些地方。

許多人對此傳言嗤之以鼻。然而，當最高級的不穩定性變異元質粒子從一個偶然發現的遺跡裡被挖掘出來的時候，所有人全都為此瘋狂。人們拚命找尋歐蘭茲所留下的寶藏，一個又一個的魔王遺跡逐漸被發現。

不過，寶藏就算再怎麼多，也總有被找光的一天。經過漫長的搜索，魔王的遺產已經被挖掘殆盡了。

到了現在，「歐蘭茲的寶藏」只不過是夢想的同義詞，就連騙子也不再用它當作招搖撞騙的武器。

魔王遺產只是個虛幻的夢境，但是這個夢似乎仍未徹底消失。

在雷莫的一角，夢境被延續了下來。

※◆※◆※◆※

「魔王歐蘭茲的寶藏？」

莫浩然複述了一次。

「魔王歐蘭茲的寶藏！」

西格爾堅定地點了點頭。

旅行商人的雙眼閃閃發光，眼眸深處彷彿有一團熊熊燃燒的火焰。那團火焰莫浩然並不陌生，以前在黑道夜總會打工時，許多前輩的眼中也都有這樣的火焰，它的名字叫做「貪婪」。

「嗯……哦……這樣啊……那麼，你加油吧。」

「是！謝謝！我會加油——不對！」

西格爾突然一臉激動地大喊，讓莫浩然嚇了一跳。

「幹嘛突然大叫？」

「不、那個……您、您有聽清楚我剛才說的話嗎？」

「有啊。魔王歐蘭茲的寶藏嘛。」

「對！對！魔王歐蘭茲的寶藏！」

「所以呢？」

「咦？所、所以……？」

「對呀，所以呢？」

西格爾張大了嘴，露出痴呆的表情。他無法理解為什麼對方會是這種反應。那可是魔王的寶藏啊！妳一句輕描淡寫的「所以呢」是什麼意思？這不對吧！

旅行商人為了莫浩然的無欲而震驚，但這只是誤會。莫浩然根本不知道魔王寶藏是啥玩意兒，自然沒什麼反應。

「那個……您難道……不想要魔王的寶藏嗎？」

「沒興趣。」

這是實話。比起寶藏，莫浩然更想要一艘浮揚舟，好直接飛到封印傑諾的地方，完成自己的復活契約。

「沒、沒興趣……」

西格爾已經不知道該說什麼才好了。該說不愧是一級通緝犯嗎？連魔王寶藏都不看在眼裡，實在是太瀟灑了。

「那我走了，保重。」

「是、是……」

跟西格爾道別後，莫浩然很乾脆地離開了，鬼面少女緊跟在後。西格爾望著兩人的背影，似乎還想說些什麼，最後只是嘆了一口氣。

「原來你們這裡也有魔王啊？挺有奇幻風格的嘛。」

在回去找捷龍的路上，莫浩然詢問傑諾。

「我不確定你口中的魔王，跟我們這邊的魔王是不是一樣的東西哦。」

莫浩然要透過頭上的傑諾才能聽懂這個世界的語言，具體的作法是以精神波傳達意念，然後從莫浩然的腦袋裡選出意義最符合的字彙。換言之，那位名叫歐蘭茲的人，其行為或形象有很大一部分符合莫浩然心中對於「魔王」這個名詞的既定印象，所以莫浩然的大腦才會主動選擇這個字彙。

就字面上來看，魔王即是惡魔之王。傑洛似乎沒有惡魔這種東西，而歐蘭茲也是人類，因此「魔王」一詞，在這裡應該無關種族，而是直接與大壞蛋劃上等號才對。

想通這一點後，莫浩然對這位魔王的興趣頓時變淡了。

「什麼啊，結果只是個反派角色而已嗎？」

「說得可真輕鬆。反派角色？歐蘭茲可不是普通反派，而是史上最強的反派。」

「最後還不是輸了。」

「那是結果論。事實上，當時他可是差點成功征服世界呢。」

於是傑諾稍微解說了一下有關魔王歐蘭茲的事跡。魔王歐蘭茲不僅以一己之力同時挑戰四個國家，還獨自斬殺了高達三位數的魔法師，將人類的尖端戰力一掃而空。要不是因為戰爭後期魔王歐蘭茲的健康狀況出了問題，搞不好這個男人真的可以征服傑洛。

「……不論是二次元或三次元，魔王會幹的事幾乎都一樣呢。」

綜觀古今的動畫與漫畫，會被冠上魔王之名的傢伙，其志向不是征服世界就是毀滅世界，老套到令人想大罵：你們稍微幹點別的事情行不行？

「不過，剛才那個商人的反應有點不太對勁。」

或許是覺得魔王的話題太過沉重，莫浩然將話題轉到已經被他遠遠拋在後方的西格爾身上。

「大概是想利用你吧。既然被追殺，就代表那個魔王寶藏已經被挖掘出來了，而且外面有人看守。讓你去跟看守者起衝突，他好趁機混進去撈一票。」

「我就覺得那傢伙的口氣怪怪的。」

憑藉著以前在黑道夜總會的打工經驗，莫浩然直覺地認為西格爾必定別有用心，否則不會對自己說出有關魔王寶藏的事。經傑諾這麼一提醒，他知道自己果然猜對了。

「啊，對了，魔王寶藏有浮揚舟嗎？」

莫浩然突然想到，要是有浮揚舟的話，這趟異世界打工之旅就可以提早結束了。可惜傑諾冷酷地粉碎了這個美好的幻想。

「沒有。因為浮揚舟是五十年前開發出來的魔導科技，魔王還活著的時候根本沒這東西。」

「嘖，可惜。」

「沒什麼好可惜的。就算魔王寶藏有浮揚舟，我也不建議你去拿。」

「為什麼？」

「因為很危險。魔王寶藏，說穿了就是魔王的藏寶庫。既然是藏寶庫，怎麼可能沒有防範小偷的陷阱？那些陷阱就連魔法師也能輕鬆殺死，何況你這種菜鳥。」

「……說的也是。」

莫浩然知道自己的能力極限在哪裡，現在的他雖然勉強算是一位魔法師，但戰鬥技術甚至比不上低階騎士。

「算了算了，做人還是要腳踏實地才對。」

於是莫浩然將魔王寶藏的事情拋諸腦後，繼續這趟不知何時才能結束的旅程。

就在這時，莫浩然的背後被人輕輕戳了一下。轉頭一看，原來是鬼面少女拿著劍鞘在戳他。

「怎麼了？」

鬼面少女沒有回答，只是開始揮動手臂。劍鞘撕裂空氣，發出讓人耳膜感到刺痛的破空聲。

莫浩然的表情立刻變得糾結。

※◆※◆※◆※

捷龍奔馳於平原之上。

莫浩然與鬼面少女共騎著捷龍，在西斜的陽光下乘風疾馳。雖然捷龍跑得飛快，但身形卻非常平穩，顛簸感並不強烈，就連莫浩然這種十六年來從沒騎過馬的人也能迅速適應。

鬼面少女安靜地坐在後面，宛如沉默的石像。相對的，坐在前面的莫浩然卻是一直自言自語——更正確的說，他正在跟寄宿於頭上的大法師交談。

「真弱耶。」

「囉嗦。」

「連一招都撐不住。」

「吵死了。」

「現在知道自己跟正統魔法師的差距了吧？」

「給我閉嘴。」

面對傑諾的嘲笑，莫浩然用不帶感情的聲音予以回應。

此時的莫浩然滿身是傷，臉上也有大片瘀青，看起來就像是跟人狠狠打了一架似的。賜予莫浩然這堆傷勢的凶手，正是坐在他後面的鬼面少女。

不久前，莫浩然與鬼面少女進行一場名為切磋、實為凌虐的訓練。鬼面少女取得壓倒性的勝利，在為期兩小時的訓練中，莫浩然找不到任何取勝的機會，完全是被單方面壓著打。每一回合都是一招就結束，幸好鬼面少女用的是劍鞘，要是真的拔劍，莫浩然早就死了幾百次。

「別洩氣，這是很正常的結果。難不成，你真的以為能贏過她嗎？」

大概覺得嘲笑夠了，傑諾轉而安慰莫浩然，雖然這樣的安慰聽起來跟諷刺沒兩樣。

「……沒那回事，我早就有會被狠狠修理的心理準備了。」

「哦？」

「只是，每次都是一下子就結束，連撐到第二招都沒辦法，有點不甘心而已。」

被一個女孩子如此壓著打，實在有傷男性自尊。莫浩然原本想著多撐幾招也好，但卻老是被對方一招瞬殺，會覺得不甘心也是正常的。

「——你搞錯了。」

傑諾的聲音變得嚴肅。

因為語氣轉折得太過突然，莫浩然聞言不禁愣住。

「我搞錯了？」

「對，你搞錯了。讓你跟她訓練，並不是要你學習戰鬥技術，而是要你習慣『跟魔法師戰鬥』這件事。說得更難聽一點，我希望你能學會什麼叫『絕對贏不了的戰鬥』。」

「什麼……？」

莫浩然感到困惑。

傑諾的話聽起來毫無道理。

一般人進行訓練，為的是讓自己變得更強大，進而得到與敵人爭鬥的自信，但傑諾卻是要莫浩然確定自己的弱小，承認自己無法戰勝敵人。

「很難理解嗎？這麼說好了，要是我壓制魔力領域，比方說最低標準的半徑三公尺，那麼面對魔力領域同樣只有三公尺的魔法師時，你覺得自己能打贏嗎？」

「……應該、贏不了。」

莫浩然遲疑了一會兒，最後坦率地回答了。

一位魔法師的強弱，是根據魔力領域與操魔技術來判斷的。以往在戰鬥時，傑諾負責張開魔力領域，莫浩然則依靠自己的操魔技術來調動元質粒子。

莫浩然很清楚，自己的操魔技術有多爛。

「嗯，這種程度的自知之明你還是有的。那麼，要是面對不是魔法師的敵人，也就是騎士階級，在不依靠魔法的情況下，你有贏過他們的自信嗎？」

「……當然沒有。」

在茲納魯提城的時候，莫浩然已經見識到騎士的厲害。他們的魔力十分弱小，只能夠啟動魔導武器而已，但他們不斷磨鍊自己的武藝，得到了與怪物正面戰鬥的能力。嚴格說起來，騎士的戰鬥技術甚至優於魔法師。

「沒錯，在同等條件下，你對上魔法師毫無勝算，甚至連騎士也打不過。與人戰鬥，跟與怪物戰鬥是兩回事。你能打敗野外的怪物，但打不贏人類，你必須牢記這一點。雖然你曾與人類戰鬥過，但那些經驗做不得準，要是讓你培養出錯誤的自信心，或是因此小看人類的話，那可就麻煩了。」

傑諾的告誡聽起來很刺耳，卻也不容反駁。

截至目前為止，莫浩然曾經交手過的「人類」只有兩個：曼薩特城的二等勛爵沙克，以及空騎元帥亞爾卡斯。由於傑諾的幫助，這兩場戰鬥都算不上苦戰。

「……你的意思是，叫我別得意忘形對吧？」

「就是這樣。雖然我能幫你張開大範圍的魔力領域，但真正在戰鬥的卻是你本人。

實戰中，任何意外都有可能發生，一瞬間的破綻就足以決定生死。要是不小心被殺，那就什麼都完了。」

「……我知道了。」

「嗯，希望你能謹記在心……咦？」

這時，傑諾突然發出疑惑的聲音。

「怎麼了？」

「你看一下左邊。」

「左邊？」

寄宿莫浩然腦袋上的傑諾，只能透過莫浩然的感官來取得外界情報。他會這麼說，就表示發現了什麼東西，於是莫浩然望向傑諾所說的方向。

「你是指那個嗎？」

莫浩然看見遠方有一團暗白色的不明物體。

「似乎是骨頭？」

自從換成這個身體後，莫浩然的視力比以前好很多。他勉強可以認出，那團暗白色物體是大型動物死亡後殘留下來的骨骸。

「可以過去看一下嗎？」

「怎麼了？」

「沒什麼，只是想確認一下而已。」

「神神秘秘的。」

莫浩然一邊嘟囔，一邊拉扯轡繩，捷龍聽話地跑向那具骨骸。

隨著距離的接近，那具骨骸也越來越大。遠遠望去只是姆指般大小，但一靠近，才發現它竟然有十公尺那麼高。

「哇哦，好大。」

莫浩然吹了一聲口哨。來到傑洛已經兩個月了，他在野外遇到的怪物沒有一百也有九十，但從來沒有見過這麼大的怪物。光從骨骸的體積，就可以想像這個大傢伙活著時會有多可怕了。

「六級……怎麼會……」

不同於莫浩然的感慨，傑諾的聲音顯得有些難以置信。

「怎麼了嗎？」

「快走！」

「咦？」

「離開這裡！快！全速前進！並且做好應付突發狀況的心理準備！你還愣在那裡幹嘛？快跑啊！」

「哦、哦！」

聽見傑諾如此焦急地催促，莫浩然也不禁緊張起來，連忙讓捷龍全速奔跑。

「到底怎麼了？那個骨頭有什麼問題嗎？」

「那是五級怪物的骨頭。」

「……那又怎樣？」

不管是五級或六級，終究是骨頭而已。已經死掉的怪物有什麼可怕的？莫浩然實在難以理解。

「骨頭很新，表示牠是最近剛死的。骨頭有多處裂痕與缺口，證明牠生前經歷過一場非常慘烈的戰鬥。你覺得能把一頭五級怪物殺死並吃掉的傢伙，會是幾級？」

「……靠！」

莫浩然罵了一聲髒話，然後更用力催促捷龍加速。

「別緊張，情況沒有那麼嚴重。怪物越強，領地就越大。六級怪物的統治領域大約在十公里左右，那頭不知名怪物只會更大，說不定牠正在其他地方巡視，不會這麼巧跑來這裡——」

傑諾話還沒說完，一道雷鳴般的吼叫打斷了他。

莫浩然驚恐地轉頭，發現遠方有一團黑色物體正揚起土黃色的塵煙，朝他這邊轟隆轟隆地衝過來！

「傑諾！你他媽的烏鴉嘴——！」

莫浩然拚命地催趕捷龍，這頭溫馴的騎獸似乎也嗅到危險的氣息，並因此瘋狂地往前奔跑。

然而捷龍雖快，後方的追逐者更快。

每當莫浩然轉頭看一次，那團黑色的影子就更大一分。雙方的距離正以緩慢但確實的速度逐漸拉近。過了不久，距離已經近到莫浩然能用肉眼辨識那團黑色影子的相貌。

那是一頭巨大的黑色怪物，牠長有四支向前彎曲的犄角，身體覆蓋著黑色甲殼，殼上布滿不規則的粗硬尖刺，八條岩石般的巨腿不斷擺動，使得地面發出沉悶的轟鳴。遠遠望去，就像是一頭高速移動的大蜘蛛。

「——不會吧？」

傑諾的聲音像是被什麼東西噎住了一樣。

「怎麼了？」

「七級怪物，變異戰蛛獸……」

「七、七級——？」

莫浩然聞言大吃一驚。截至目前為止，他遇見過的怪物最高才五級，現在竟然直接跳到七級？別開玩笑了！他現在也才勉強能打贏三級怪物而已！

在傑洛，所謂的怪物指的是因魔力侵蝕產生異變，會對人類造成生存威脅的生命體。從最低的零級，到最高的九級，怪物的異變等級每提升一級，破壞力都會出現飛躍性的提升，七級怪物的強度甚至足以獨力消滅一座城市。面對這樣的對手，莫浩然不可能有勝算。

「這種東西怎麼會在這裡？六級以上的怪物，明明只會出現在亡者之檻附近……難道、因為魔王寶藏的關係？」

「我靠！現在不是玩推理的時候！應該先想該怎麼辦才對吧？」

「用瞬空之型！對捷龍用！」

「咦？」

「記得控制強度，不然捷龍會摔倒！」

「哦、哦哦！原來如此！我知道了！」

莫浩然很快就領略了傑諾的意思。瞬空之型說穿了就是人為的魔力之風，只要乘著風跑，速度自然可以提升。

瞬空之型既然可以用在自己身上，當然也能用在別人身上。

於是莫浩然開始調動元質粒子，他謹慎地控制魔力的輸出量，平均分配到捷龍身後的每一處。果然，捷龍的速度顯著提升了，雙方的距離不再縮短，並且有拉遠的趨勢。

捷龍的體型比起莫浩然要大上數倍，再加上魔力之風並非作用於自身，無法進行微調，因此瞬空之型的魔力消耗量是以往的好幾倍。一般來說，很少有魔法師會做這種事，因為這會大量消耗魔法師的精力，促使靈魂安眠的倒數計時提早出現。但如今事態緊急，就算知道有後患也沒辦法。

就在莫浩然估算再這樣下去應該逃得掉的時候，傑諾突然大喊。

「瞬空之型！往旁邊飛！」

莫浩然想也不想就照做了。

一股巨大的魔力之風將捷龍硬是吹向左邊，因為力量太大，而且過於突然，捷龍失去平衡，摔倒在地。

下一秒，一道光柱穿過了捷龍原先所站的位置，筆直地奔向地平線。接著光柱擊中地面，伴隨著遠雷般的爆炸聲響，一朵火紅色的小型蘑菇雲自遠方緩緩升起。

「……那是什麼？」

見到蘑菇雲出現，正準備站起來的莫浩然頓時傻眼。

「穿弓之型。六級以上的怪物都有使用魔法的能力。」

「我靠！」

莫浩然忍不住又罵了一句髒話。

不會魔法的怪物就已經夠難纏了，要是會魔法那還得了？剛剛那道光柱是穿弓之型？那根本就是巨型空爆彈好不好！雖說這具身體不怕魔力，但也只有魔力而已，萬一真的被轟中，魔法連帶引發的高溫與爆風就足以將他四分五裂。

莫浩然連忙奔向捷龍，想將牠從地上拉起來，但一向聽話的捷龍這時卻一反常態，賴在地上不動了。

「喂，搞什麼？現在不是要脾氣的時候吧！」

不論莫浩然如何打罵，捷龍就是不肯起身。

「牠的腿摔斷了。」

傑諾很快就看出捷龍的問題。

「摔斷了？」

「嗯，只能丟下牠了。」

「丟下……」

聽到傑諾的冷酷建議，莫浩然當場愣住。這頭捷龍跟著他們已經有一段時間，很是乖巧聽話，莫浩然早已將牠視為自己的同伴。

「這怎麼行！」

莫浩然立刻反射性地駁斥這個建議。

「牠已經沒辦法跑了。」

「沒辦法跑？因為這樣就要拋棄牠嗎！」

莫浩然憤怒地大喊。

「難道你要留下來陪牠？」

「我……對了，我可以帶著牠跑！」

莫浩然想起來了，剛來到這個世界的時候，自己不是用魔力平臺托住行李，成功跨越了荒野嗎？只要用這種方法就行了！

一想到這裡，莫浩然立刻動手。他調動元質粒子凝聚魔力，在魔力平臺的承托下，捷龍緩緩浮上半空。捷龍的重量雖然高達八百公斤，但只要傑諾張開的魔力領域夠大、能調動的魔力夠充分，托著捷龍逃跑也不是不可能。

「沒用的，憑你的操魔技術，無法同時用魔力做兩件事。」

傑諾的聲音像是一盆冷水，澆熄了莫浩然的欣喜之情。

莫浩然不信邪地試了一下，發現果然如此。魔力平臺雖然會隨著他的念頭移動，但需要他持續性的注意力，如果使用瞬空之型，意識就會不自覺轉移到自己身上，使得魔法平臺停止不動。

想要一邊使用瞬空之型，一邊保持魔力平臺的跟隨，莫浩然必須做到一心二用，但現在的他還沒有這份本事。

「要是你能同時用魔力做兩件事，就有學『浮遊之型』的資格了。拋下捷龍，這是唯一的生路。」

傑諾繼續催促。

莫浩然咬緊牙關。他心中有兩道聲音，一道聲音是冰冷的，告訴他「這樣才對」，另一道聲音是灼熱的，吶喊著「不可以這樣」。

「對了，勸你最好不把希望寄託在強化人造兵身上。雖然她有可能打贏怪物，但是戰鬥的餘波也會把你撕碎。這跟亞爾卡斯那時候不一樣。」

變異戰蛛獸的體型巨大，一旦開始戰鬥，波及的範圍也會同樣巨大。再加上這裡是平原，沒有遮蔽物可以幫忙抵擋，動彈不得的捷龍依舊難逃一死。但莫浩然又不能離開太遠，否則鬼面少女會誤以為他想逃跑，直接放棄戰鬥跟上來。

怪物的腳步聲與身影越來越大。

在莫浩然試著帶捷龍走的時候，變異戰蛛獸一口氣縮短了距離。

已經沒有猶豫的時間了！

莫浩然顫抖地伸出手，摸了摸捷龍的頭。捷龍的雙眼是黑色的，又大又圓，浮著一層溼潤的水光，彷彿在傾訴著什麼。莫浩然覺得自己在牠的眼中看到了某種東西，彷彿是恐懼，又像是祈求，或者是悲傷。

「……對不起。」

莫浩然的聲音有些哽咽。他一把抓住捷龍背上的行李，然後一個轉身使用瞬空之型。

「往山那邊跑！變異戰蛛獸不喜歡爬坡！」

風聲掠過耳畔，傑諾的聲音依舊清晰。

是錯覺嗎？他覺得自己似乎聽到了捷龍不甘的悲鳴……

莫浩然沒有回頭。

※◆※◆※◆※

從天空鳥瞰，數座高大的平頂山丘聳立於蒼茫平原之上。遠遠望去，這些山丘就像一艘艘倒置的船隻，因此這裡也被稱為沉船山丘。距離沉船山丘約一百公里處，便是加洛依城。

沉船山丘附近的怪物等級很高，加上此地並非行商路線，因此長久以來無人接近。但是這陣子不知道發生了什麼事，其中一座山丘的山腳竟然出現了數十座帳篷。

要是再靠近一點，可以見到山腳處有一個山洞，帳篷則是以山洞為中心呈放射狀排列。最靠近山洞之處，有一頂明顯較為豪華的帳篷。豪華帳篷的門簾高高吊起，有兩名男子正坐在帳篷裡面，一邊望著早已看到厭煩的景色，一邊互發牢騷。

「他媽的，不是說要輪調嗎？怎麼到現在都沒人來？兩個月！我已經在這個鬼地方待兩個月了！」

一名魁梧青年大聲抱怨。他的身材高大，肌肉結實，臉上有多處傷疤，一眼就能看出是位經驗豐富的戰士。

「這也是沒辦法的事，隊長。」

另一名削瘦青年無奈地回答。相同的嘮叨他已經聽了近百遍，平均每天都要聽上十次左右。一開始他還會想些說詞安撫對方，到了最後，他的回答一律用「這也是沒辦法的事」。

「一定是克勞德那混蛋從中作梗，沒把我們的要求往上報！」

「這也是沒辦法的事。」

「來這裡兩個月，天天都吃札可拉！老子已經吃到快吐了！」

「這也是沒辦法的事。」

「從早到晚都在燒避獸香！那個味道害得老子沒胃口！」

「這也是沒辦法的事。」

「都已經待了兩個月，一點進展也沒有！白白浪費老子的時間！」

「這也是沒辦法的事。」

「你他媽就只會說同樣的話是不是！」

「這也是沒辦法的……啊！不、不是！」

隊長猛然站起，然後揪住削瘦青年的領子。隊長的力氣極大，光用一隻手就將削瘦青年提了起來。

「你是在敷衍我嗎？加洛克文書官！」

「沒、沒那回事！蓋爾隊長！」

「哦？那你回答我，為什麼應該要在十天前就過來跟我交接的混蛋，到現在連個影子都沒有？」

「報告隊長，我不知道！」

「不知道？回答我！為什麼山洞裡面那扇怪門敲不破、砸不爛、打不開？」

「報告隊長，我不知道！」

「你又不知道？回答我！為什麼我們第三中隊身為精英中的精英、戰士中的戰士，卻不在加洛依城維護和平，而是跑來這個鬼地方守山洞？」

「報告隊長，因為山洞裡面可能有魔王的寶藏！」

名叫加洛克的削瘦青年總算有答案了。但蓋爾顯然不滿意這個答案，所以沒有把他放下來。

「對！沒錯！可能有，但也可能沒有！因為那扇門打不開！你告訴我，為什麼我們第三中隊要為了一扇打不開的門，在這裡浪費時間！啊？」

「報告隊長，因為上級的命令！」

「好答案！根據規定，魔王寶藏要上報首都，交由司令部派人接管。從發現山洞到現在，已經快要兩個月啦！司令部那群官僚是在拖什麼？回答我！」

「報告隊長，我不知道！」

「你他媽的為什麼又不知道了——！」

「報告隊長，我不知道——！」

蓋爾與加洛克的問答就此陷入無止境的迴圈。經過帳篷的士兵看到了，莫不搖頭嘆氣，然後帶著苦笑離開。

自從十天前，理應過來交接的隊伍卻遲遲沒有消息後，蓋爾的情緒就變得很暴躁。士兵們雖然同情加洛克，但也僅止於同情而已，因為要是跑去勸架，很有可能變成遷怒的對象。他們很了解自己的隊長，嚴格說來算是好人，唯一的缺點就是容易生氣。

幸好蓋爾就算生氣也不會完全失去理智，頂多大吵大鬧一陣子而已。有些長官仗著自己的位階高，動輒毆打屬下，跟那種人比起來，蓋爾已經算是很有良心的上司了。也正因如此，士兵們才會對蓋爾發脾氣的行為抱以苦笑。

「話說回來，我能體會隊長為什麼會這麼生氣。到現在還沒人來交接，上面在搞什麼鬼？」

「一定是莫桑那頭死肥豬幹的好事啦！上次他在酒館被隊長痛扁一頓，這次逮到機會故意報仇。」

「我靠！那個混蛋！」

「媽的，回去之後一定要找機會修理他！」

士兵也對長期駐守此地一事充滿怨恨，紛紛將不滿的矛頭指向那位不在場的克勞德先生。

就在大家藉由怨氣凝聚隊伍的團結心時，一道宛如遠雷般的聲音打斷了他們的話。士兵們面面相覷，從同袍眼中看到了同樣的疑惑。

就在這時，蓋爾從帳篷裡衝了出來，衣衫凌亂的加洛克緊跟其後。只見蓋爾與加洛克一口氣跑到營地外面，臉色凝重地望著遠方。士兵們見到隊長的怪異舉動，也紛紛跑了出來。

「隊長，怎麼回事？」

「那是什麼聲音？」

「怪物嗎？」

「噓！安靜！」

加洛克急忙制止眾人，士兵們極有默契地同時閉嘴。

「……是大傢伙。」

遠雷般的吼聲逐漸變大，蓋爾的表情也越來越陰沉。四周的士兵頓時慌張起來，他們很清楚，在隊長的字典裡面，「大傢伙」這個字眼指的是「非常難以對付的怪物」。

「不、不會是五級吧？」

「我記得這附近只有一頭五級怪物，就是那隻刃鱗甲骨獸……」

「喂，避獸香還在燒吧？分量不會不夠吧？」

士兵們竊竊私語，表情非常不安。也難怪他們會有這種反應，他們第三中隊只有蓋爾與加洛克是二等勛爵魔法師，其他人全是騎士。這樣的戰力絕非五級怪物的對手，一旦遇上了，就是徹底覆滅的命運。

沉船山丘附近大多是三級以上的怪物，在出發前，上級特地配給他們大量的避獸香，這可是驅散怪物的利器。由於日夜不停焚燒避獸香的緣故，這兩個月來沒有任何怪物靠近營地，現在看來，避獸香的庇護恐怕要失效了。

「全副武裝！緊急集合！」

蓋爾頭也不回地大喊，聲音響徹營地。

士兵們立刻衝回自己的帳篷。過沒多久，整個營地的士兵都列隊站在蓋爾身後。從發出命令到集合完成，整個過程有條不紊，可見這是一支訓練有素的隊伍。

「拔劍！」

蓋爾大喊，士兵們整齊一致地拔出自己的魔導武器，然後將武器倒插於地。人人表情嚴肅，噤口不語，一股壯烈的氣勢頓時升起。

遠方出現了一個黑點。

雷鳴般的聲響越來越近，黑點也越來越大。

等到蓋爾認出黑點的樣貌之後，立刻發出慘叫。

「我靠！變異戰蛛獸——？解散！快逃！」

※◆※◆※◆※

一隻麻雀拍動翅膀，降落在一塊岩石之上。

岩石非常巨大，高度足足有三公尺，在這片平原上算是一個顯眼的地標。這塊岩石又有一個別名，叫做「回頭石」，因為再往前走就是沉船山丘，那裡的怪物等級最少也是三級，要是愛惜性命，最好一見到這顆岩石就趕緊回頭。

「噓！」

突然，麻雀腳底下的岩石發出了聲音。

麻雀嚇了一跳，連忙振翅逃跑。就在麻雀飛離後，牠剛才所站的位置竟然開始蠕動。岩石頂端的一部分彷彿被剝掉的洋蔥，直接「掀」了開來。

一名青年從被掀開的岩石下方探出頭來，他有著黃棕色的頭髮與眼珠，五官端正，但全身上下散發出一股市儈的氣息。如果莫浩然在場的話，一眼就能認出這名青年正是不久前被他所救的旅行商人西格爾。

只見西格爾拿起被他掀起來的岩石外皮，檢查那隻麻雀有沒有在上面留下鳥糞。

仔細一看，原來那層岩石外皮是一塊大小有如床單的布巾，顏色跟西格爾腳下的岩石一模一樣。奇妙的是，這塊布巾的顏色正在改變，由不起眼的灰色慢慢轉變為略帶混濁的白色。

「該死！真的給我拉屎了！」

西格爾一邊低聲咒罵，一邊從身邊的袋子取出手帕與水壺。他將手帕沾溼，仔細地擦掉布巾上的白色汙漬，過了一會兒，布巾又開始變回灰色。

「性能太好了也很麻煩。」

西格爾嘟噥著收好手帕與水壺，然後重新用布巾蓋住自己。遠遠望去，西格爾彷彿真的與岩石融為一體似的。

這塊布巾並非凡物，而是能夠融入四周環境的魔導道具。只要在布巾表面撒上一些該處環境的塵土，就能夠完美的仿造出該處環境的顏色，因此被稱為「詐欺之幔」。它最大的缺點就是太過敏感，一旦沾上點什麼，整塊布巾就會變成該物的顏色，例如剛才的鳥糞。

城市之外是怪物的天下，西格爾身為旅行商人，要是沒有一些好貨色，哪能到處做生意？這件詐欺之幔加上避獸香，用來避開五級以下的怪物堪稱神器級組合。

西格爾就這樣偽裝成岩石，拿起望遠鏡繼續自己的窺視行為。

鏡筒的另一側，映出了一座營地。

這座營地位於山腳，此時營地裡面人來人往。這些人的服裝不一，身上大多佩劍，雖然用望遠鏡看不清楚，但是西格爾相信那些人佩戴的絕對是魔導武器。能使用魔導武器的只有身懷魔力者，而營地裡面少說也有一百人，這種人數不可能是魔法師，只可能是騎士。

在雷莫，就算是大貴族的私兵，也還是以凡人為主。能隨手拿出一百名騎士的勢力，唯有軍隊。

雖然沒穿軍服，但西格爾確信這些人絕對是雷莫軍人。

一百多名騎士當然不可能沒事跑到這種荒郊野外，要說軍事演習的話，距離城市也未免太遠了。

營地的最裡側有一個山洞，若是仔細觀察，可以發現這座營地根本是以山洞為中心所修建的。甚至可以說，建立這座營地的目的就是為了保護那個山洞。

換言之，山洞裡面有好東西！

「果然……一定是魔王寶藏……」

西格爾喃喃自語，聲音混雜了興奮與煩惱。

興奮的是，傳說中的魔王寶藏近在眼前。哪怕是只拿到一件，恐怕也能讓自己這輩子不愁吃喝。

煩惱的是，他不知道怎麼樣才能避開外面那群騎士，進入山洞裡面拿寶藏。以他的實力，連一個騎士都不一定能打贏。

「不不不，一定有辦法……俗話說得好，難題如磐石，智慧如水滴，沒有被石頭壓扁的水滴，只有被水滴鑿穿的石頭……」

西格爾一邊輕聲為自己打氣，一邊思考如何混入眼前的軍營。利益與風險成正比，這可是難得的好機會，要是放棄了，那他也不配當一個旅行商人了。

回想這陣子的遭遇，西格爾差點忍不住流下眼淚。先是在曼薩特城遇見一級通緝犯，然後被貴族追殺，後來經過幾個城市，生意一直做不起來。從今年春天開始，可謂諸事不順，彷彿有什麼不知名的怪物把自己的運氣統統吸走一樣。

就在西格爾考慮是不是該轉行的時候，恰巧發現有一群人在野外紮營，基於好奇，他躲起來觀察了好一陣子，接著偶然聽見這群人的談話，說這裡很可能埋著魔王寶藏。

於是西格爾知道，他終於苦盡甘來了！只要弄到一件魔王寶藏，他的人生很可能就此邁向光榮的殿堂。只要闖過眼前這一關就行了！只要闖過這一關！

「……哎，要是那個女惡棍也在就輕鬆多了。」

想到這裡，西格爾忍不住嘆了一口氣。

他口中的女惡棍，指的自然是那位身負全雷莫最高懸賞金額的一級通緝犯桃樂絲。

一小時前，西格爾才被這位女惡棍救了一命。他因為聽見魔王寶藏的消息太過興奮，結果不慎被一名巡邏的騎士發現，慘遭追殺，要不是湊巧遇見桃樂絲，恐怕他早已身首異處。

當時，西格爾故意把魔王寶藏的消息透露給桃樂絲，就是希望這個女惡棍殺入營地奪寶，自己則跟在後面撿便宜。沒想到桃樂絲一副完全沒有興趣的樣子，讓他的計畫落空了。

「魔法師就是魔法師，就算是通緝犯，也還是魔法師……不愧是大人物，跟我這種渺小的凡人就是不一樣……連魔王寶藏都不放在眼裡啊……」

西格爾一邊感嘆，一邊繼續監視營地，希望能找出混進去的破綻。

就在這時，傳來一道有如遠雷般的沉悶聲響。

西格爾疑惑地轉動望遠鏡，然後見到令他永生難忘的一幕。

一頭從未見過的巨大怪物正在平原上高速奔馳。這頭怪物的外形有如蜘蛛，頭生犄角，身披刺甲，一看就知道非常不好惹。那陣遠雷般的聲響，正是這頭怪物高速移動所引發的震動。

西格爾發現這頭怪物前方似乎有什麼東西，於是他調高望遠鏡的倍率，赫然發現跑在怪物前面的，正是他剛才一直叨念的桃樂絲！

透過望遠鏡，西格爾見到桃樂絲與鬼面少女正衝往營地的方向，蜘蛛怪物緊跟其後。西格爾連忙看向營地，然後見到那些騎士拋棄了營地，慌慌張張地逃命去了。

最後，桃樂絲與鬼面少女衝進營地，一頭栽進疑似有魔王寶藏的山洞。那頭蜘蛛怪物因為塊頭太大，無法鑽進山洞，再加上避獸香的味道令牠感到煩躁，於是開始破壞營地來洩憤。

「……不愧是大人物，格調跟我這種渺小的凡人不一樣。」

西格爾放下望遠鏡，兩眼無神地喃喃自語。

直接引來怪物當打手，然後大方地去搶寶，格調果然不同！

※◆※◆※◆※

視野由亮轉暗，皮膚所感受到的暖意也瞬間轉為涼意。瞳孔來不及對應光線的急遽變化，變得什麼都看不見，於是莫浩然急忙停下腳步。

就在莫浩然的雙眼開始適應這片昏暗的環境時，後方突然傳來巨大的撞擊聲！莫浩然連忙回頭，看見洞口的光線被黑影所堵住。

「砰磅！砰磅！」

洞口太小，怪物進不來，於是用力撞擊，想要將洞口撞破。怪物的衝擊力道太過巨大，竟使得整個山洞都在輕微搖晃。

怪物的撞擊持續了約十秒鐘左右，後來大概是察覺到撞不開這片山壁，於是開始在山洞外面大肆破壞。

「……得救了。」

確認怪物進不來之後，莫浩然長長地吐了一口氣，然後坐倒在地大口喘氣。鬼面少女沉默地站在他旁邊，即使跑了這麼久，她的呼吸依舊平穩如常。

變異戰蛛獸的速度比他想像的還要快。在失去捷龍後，這頭怪物很快就追了上來。莫浩然不知道牠有沒有順路把捷龍殺死或吃掉，當時也沒空思考那樣的事，當怪物越追越近時，他腦中唯一充斥的，就是怪物帶來的恐怖感。

來到傑洛之後，莫浩然與怪物戰鬥過的次數沒有一百也有八十，照理說早就該習慣了怪物才對。

但，那種恐怖感不一樣。

那是靈威。

唯有魔法師才具備的，能夠影響生物身體與精神狀態的力量。

傑諾說過，六級以上的怪物都能夠使用魔法。換言之，牠們身懷巨大的魔力領域，擁有靈威也是很正常的事。莫浩然甚至懷疑外面那頭變異戰蛛獸用了類似瞬空之型的魔法，否則根據物理定律與生物學，那種體型不可能會有這樣的耐力與速度。

「唉，結果最後還是跑進來了……」

這時傑諾的聲音在莫浩然腦中響起，不知是不是錯覺，傑諾的聲音聽起來有些無奈與疲憊。

「這也是沒辦法的事。那頭怪物跑得那麼快，我們還沒爬上山就會被逮到，躲進山洞剛剛好。」

傑諾沒有回答，只是繼續嘆氣，這讓莫浩然覺得傑諾似乎很不想自己跑進來。

「躲進山洞難道不好嗎？」

「……不，算了，沒什麼不好的。只要別深入就行了。等到變異戰蛛獸走了，就立刻離開這裡。」

「山洞裡面有什麼啊？你好像很緊張的樣子。」

「廢話。看到外面的營地，難道你還想不出來？這裡就是埋著魔王寶藏的地方！你最好小心一點，什麼東西都別碰，否則連自己是怎麼死的都不知道！」

傑諾沒好氣的大罵，莫浩然聞言嚇了一跳。

「營地……對哦，這種荒郊野外怎麼可能會有營地。」

莫浩然恍然大悟。不合時宜的營地，再加上不久前旅行商人所告知的消息，這個山洞極有可能就是魔王寶藏的埋藏地點。

魔王寶藏嗎？莫浩然左右張望，好奇地觀察起來。

因為沒有照明物，加上洞口的光線又被怪物擋住，所以山洞裡面陰暗無比，但這難不倒莫浩然。在他眼中，無所不在的元質粒子正散發著微光，散布於岩壁裡，飄浮於空氣中。

莫浩然很快就搞清楚山洞的構造。簡單的說，這只是一個很普通的山洞，只不過山洞最裡側的石壁上畫著一扇門。

那道門畫得很精細，門軸、門把、雕飾、花紋，一應俱全。更難得的是，石壁凹凸不平，但圖畫的線條卻非常工整，遠遠望去，就像是一扇真正的門。

「這扇門是怎麼樣？」

莫浩然對畫在石壁上的門伸出了手。

「別碰！」

傑諾大喊，莫浩然立刻縮手。

「你的記憶力比雞還要差嗎？不是叫你什麼都別碰了！」

「什麼啊，連摸個畫都有問題？」

「問題大了！看仔細一點！」

於是莫浩然皺著眉頭認真觀察，但怎麼樣也看不出這片壁畫有何特別之處。

「很正常啊？」

「正常才怪。你有看過用元質粒子畫出來的門嗎？」

「啊……！」

經傑諾這麼一提醒，莫浩然終於看出哪裡不對勁了。

如果是正常的壁畫，元質粒子應該會在壁畫上面任意分布，看起來就像是畫上長著光斑一樣。然而這片壁畫卻不是這樣，它的線條竟然全是用元質粒子編織而成，線條之外看不到任何元質粒子！

「這是什麼東西？」

莫浩然急忙倒退，與壁畫拉開一大段距離。

「標記。」

「標記？」

「嗯，標記。其實畫什麼都無所謂，只要做到能讓人認出『這幅畫有問題』的程度就行了。重點是石頭的內部，裡面應該刻上了某種紋陣。只要有人觸摸壁畫，紋陣就會發動。」

「嗚哇……」

莫浩然再度後退兩步。傑諾沒說那是什麼紋陣，他也完全不想知道。

「那接下來該怎麼辦？躲在這裡，等到外面那頭怪物離開？」

「也只能這樣子了。」

莫浩然嘆了一口氣，接著往後一仰，直接大剌剌地躺倒在地。變異戰蛛獸不知道多久才肯走，一直呆坐在這裡也太傻了，不如乾脆睡個覺。

※◆※◆※◆※

「有怪物？」

聽到部下的報告之後，一名男子將準備要送到嘴邊的杯子放下。

男子身後有一群黑衣人，他們同樣中止了進食的舉動，將全副精神集中在耳朵上。

如果有人見到了這群黑衣集團，想必會為他們的存在大吃一驚。這些人身穿黑色護甲，臉上戴著黑色面具，身上散發出一股精悍的氣息。

「走。」

狀似首領的男子說了一聲，後面的黑衣人立刻站了起來，緊跟其後。

連同首領在內，這群黑衣人總共有十人。他們腳步輕巧有如飄浮，速度迅捷宛若疾風，轉眼間便衝出了十幾公尺。

這樣的身手已經超過了人體的極限，絕不可能透過鍛鍊而得到。毫無疑問，這是魔法「瞬空之型」的效果。

由此可知，這十名黑衣人全是魔法師。

亞爾奈特殊隱密機動部隊「影伏」——這就是這群黑衣人所隸屬的組織之名。

這群黑衣人乃是潛行、暗殺與諜報行動的專家，就如同「影伏」這個名稱一樣，他們潛伏於影子裡，在檯面下從事秘密任務。不論時代處於和平或戰爭，影伏總是藏身幕後，做著各種見不得光的工作。

影伏躲在樹木後方，從半山腰往下望。旁邊那座山丘的山腳原本有一座營地，如今卻被一頭外形酷似蜘蛛的巨大怪物破壞殆盡。蜘蛛怪物將營地摧毀後，似乎仍覺得意猶未盡，竟然在已經變成廢墟的營地裡面坐了下來。

要是向外延伸視線，可以見到有近百人站在遠處的空地。這些人正是住在營地裡面的雷莫士兵，來自加洛依城的第三中隊。

「變異戰蛛獸……」

影伏首領認出了怪物，然後皺起眉頭。變異戰蛛獸的實力可不是開玩笑的，影伏一行人雖然全是勛爵級魔法師，首領更是男爵級魔法師，但他們全部加起來也不是這頭怪物的對手。

「這裡怎麼會有七級怪物？」

影伏首領回頭詢問。後面的黑衣人面面相覷，沒人回答得出來。

「那種東西應該在亡者之檻才有，怎麼可能會出現在這裡……難道這附近有魔力濃度特別高的地方？」

影伏首領喃喃自語，這些話有一半是說給部下聽的，目的是要他們提供意見。影伏的本質是諜報組織，比起那種只懂得聽從命令、不肯用腦的笨蛋，他們更需要具有應變能力、願意思考的人才。

「不可能是從亡者之檻跑來的，距離太遠了。應該是當地的變異種。」

「如果附近有高魔力濃度的異地，這裡早就滿地高級怪物了。應該是有什麼特殊原因，才會催生出這頭七級怪物。」

「說起特殊原因，最明顯的不就是那個了嗎……？」

黑衣人紛紛開口，很快就推斷出最有可能的理由。

影伏在潛入這裡之前已經調查清楚，沉船山丘這一帶的怪物多是三到四級，最高等級是一頭五級的刃鱗甲骨獸。現在竟然冒出一頭七級怪物，恰巧最近這裡又挖掘出一個疑似埋有魔王寶藏的洞穴，要說兩者間沒什麼關係，實在讓人很難相信。

「看來這裡確定有魔王寶藏了，不然不會把這種七級怪物吸引過來。」

影伏首領點了點頭。他們打不過變異戰蛛獸，但無所謂，反正底下那群軟弱的雷莫士兵更打不過。他們只要把消息傳回亞爾奈，上面自然會派出更厲害的人手來搶奪。

「隊長，不是這樣的。」

有一名黑衣人突然說話了，他就是最早跑來向影伏首領報告出現怪物的手下。影伏首領看著他，用眼神詢問什麼東西不是這樣。

「那頭怪物不是自己跑來的，是被兩個人引來的。」

「被人引來的？」

「嗯。那兩個人引來怪物之後，就跑進山洞裡面了。」

這名黑衣人仔細說明先前的事情，影伏首領聽完後，那張藏於面具之下的臉色頓時變得難看起來。後面的部下們一聽，也跟影伏首領想到了同樣的事——有人搶寶！

引來七級怪物破壞雷莫軍隊的防衛線，並且將牠困在洞外，就等於變相封鎖了洞穴，自己再趁機進去搶寶。

有七級怪物坐鎮，至少也要侯爵級魔法師或數名伯爵級出手才能將其打倒，但這種等級的魔法師可不是說調動就能調動的。將消息傳回去，獲得調動許可，然後再把人手派過來，這一來一往的時間少說也要四、五天。

「好聰明的傢伙，竟然想到用這招！」
「引來七級怪物而不被反殺，這起碼是伯爵級啊……」
「等等，那兩人怎麼知道這附近有七級怪物？是偶然嗎？」
「那也太湊巧了，應該是事先就確定這裡有七級怪物。」
「怎麼確定？難道他們早就知道這裡的魔王寶藏會催生七級怪物？」
這群人越是討論，越是覺得闖進洞裡搶寶的那兩人深不可測。姑且不論引來七級怪物的行動是必然或巧合，光是能成功引來七級怪物而不被殺死這點，就充分顯示出對方的實力。
影伏首領沒有阻止部下的討論，他一邊聆聽，一邊思索接下來該採取什麼樣的行動最為有利。
「……繼續監視，等那兩人出來。我要看看，他們究竟是何等人物！」
影伏首領做出了決定。

※◆※◆※◆※

從睡夢中醒來後，眼前一片黑暗，讓莫浩然一時間搞不清楚自己正處何地。

過了不久，視野中出現許多明亮的光點，這代表自己與傑諾的精神波長取得同調。人類在清醒與睡覺時，精神波長會不一樣，所以傑諾懶得在睡覺時改變精神波長，反正都已經睡著了，就算同調也沒意義。

莫浩然轉頭看了一下，鬼面少女依舊筆直地站在旁邊監視自己，她的身形與黑暗融為一體，只有那張白色鬼面發出螢光，這幅畫面看起來頗為驚悚。要不是自己早就習慣了，一定會被她嚇到。

「醒來啦？」

腦中響起傑諾的聲音。

「嗯……怪物走了嗎？」

莫浩然說完，打了一個大大的哈欠。他睡得很熟，這是因為先前在逃跑的時候，用了太久的瞬空之型。

「你是笨蛋嗎？」

傑諾反罵了一句。傑諾需要依靠莫浩然的五官才能取得外界的情報，這件事傑諾已經提醒很多次了，只是莫浩然經常會忘記。莫浩然知道自己問了蠢問題，於是搔了搔頭，走向洞口。

洞外光線昏暗，莫浩然沒想到自己這一覺竟然直接睡到天黑。月亮被雲遮住，舉目所見一片漆黑，但這難不倒與傑諾精神同調的莫浩然。成為魔法師有諸多好處，其中之一就是晚上不必點燈。

「嗚哇……那傢伙還在……」

從洞口向外望，可以看到變異戰蛛獸正趴在地上一動也不動，彷彿正在睡覺似的。或許可以趁牠睡著的時候溜出去？想到這裡，莫浩然試著踏出山洞。

「別動！」

傑諾大喊，莫浩然立刻縮回伸出一半的左腳。

「怎麼了？」

「小心洞口。」

「洞口？」

莫浩然瞇起雙眼，仔細觀察山洞入口。很快的，他發現洞口竟然被數十條透明絲線封住。

「這是……？」

「看就知道了吧？是蜘蛛絲。」

「嘖，不只長得像蜘蛛，竟然連吐絲都會。」

莫浩然啐了一聲，接著他走回洞裡，在地上找了一塊石頭，然後用力扔向洞口。石頭一碰到蛛絲後，先是被黏在半空中不動。下一秒鐘，石頭以閃電般的速度被拉出洞外，瞬間就衝到變異戰蛛獸的口器裡面！變異戰蛛獸的下頜微微動了動，石頭啪啦一聲被咬碎了。

莫浩然見狀倒吸了一口涼氣。敢情這頭蜘蛛不是用消化酶溶化獵物，而是直接一口吃掉？這也未免他媽的太凶殘了！

「真麻煩，這下被困住了。」

傑諾的聲音聽起來有些無奈，顯然他對眼前的情況也沒有什麼好辦法。

「只能等這傢伙自己離開了嗎……」

「勸你別抱太大期望。變異戰蛛獸是很固執的怪物，牠可以不吃不喝在一個地方待上十幾天。」

「靠夭啊！牠就這麼想吃我嗎？我看起來哪裡好吃了！」

「我也不知道。說不定你這具身體很新奇吧？畢竟是用次元飄流物質做出來的，在傑洛從沒出現過。」

「難不成吃了還可以延年益壽、功力大增？」

「不知道，也許哦。」

莫浩然無言以對。自己簡直就像是異世界版的唐三藏，只不過人家是去西天取經，他是去解放大法師。嗯？這麼說來，鬼面少女就是齊天大聖？更，路線越來越亂了！

「那怎麼辦？一直等下去，跟牠比耐心，直到食物吃完？」

「嗯……反正躲在洞裡很安全，要不要讓強化人造兵試試看？」

傑諾這句話的意思，就是引誘怪物攻擊鬼面少女，讓兩方大打出手。先前不這麼做，是因為怕被捲入戰鬥的餘波，但現在有山洞可躲，這個無恥戰術又有了施展的空間。

莫浩然聞言愣了一下，過了好一會兒，他搖搖頭。

「……還是算了。」

「嗯？」

「沒興趣，以後再說。」

莫浩然語焉不詳地拒絕了這個提議。

如果是以前，他大概會接受這個建議，但不知為何，現在他不想這麼做。

或許是因為拋棄捷龍的關係。

為了活命而捨棄他人，不論當時情況有多麼危急，事後心靈還是會受到罪惡感的咬噬。就算捨棄的不是人類，而是騎獸，本質還是不會改變。為了讓自己活下去，捨棄已經有感情的事物、已經視為同伴的生物，這樣的行為與背叛有什麼兩樣？

即使已經對異世界的殘酷有所了解，莫浩然還是無法坦然接受靠著捨棄或背叛而活命的行為。在地球，能夠坦然接受這種行為的傢伙，通常也不是什麼好人。

誘使鬼面少女與怪物戰鬥，說穿了，就是利用鬼面少女讓自己活命。這與拋棄捷龍讓自己活命，其意義相差無幾，差別只在於，鬼面少女還在，而捷龍再也回不來了。

仔細想想，要是鬼面少女遇到打不贏的敵人，甚至因此有了生命危險的話，自己該怎麼辦？衝出去幫她？還是像拋棄捷龍一樣不管她？

沒有答案。

直到那一天真的來臨前，所有的答案都只是蒼白的假設。

「這樣啊？也好。」

傑諾雖然不知道莫浩然心中的猶豫，但也沒有反對他的決定。

「要讓強化人造兵出手，你非得先跟變異戰蛛獸正面對決才行。以你的程度來說，那太危險了。」

「……你非得這樣經常打擊我不可嗎？」

「實話實說罷了。與其在意這種事，不如想想如何解決眼前的困境。」

「怎麼解決？就只能等那頭大蜘蛛自己走掉啦！嘖，這裡只有一個出入口……只有一個……」

莫浩然的聲音越說越低，他的視線停留在壁畫上面。

「傑諾……你說會不會有第二個出口？例如逃生密道之類的東西。這裡不是埋著魔王寶藏嗎？這麼特殊的地方，只有一個出入口不是很奇怪嗎？」

有些電玩遊戲會在重要的事件地點設置秘密通道，挖掘這類的小秘密也是遊戲的樂趣之一。莫浩然想起以前的電玩經驗，猜測這裡說不定有其他出入口。

「傑諾，你覺得呢？要不要試試看？」

頭上的大法師不知為何突然沉默了，於是莫浩然出聲催促。

「……的確有可能。但，我不建議這麼做。」

「為什麼？」

「我說過了吧？這裡是魔王的藏寶庫，陷阱無數、機關重重，要是深入，危險性恐怕不亞於面對外面那頭變異戰蛛獸。我覺得你還是先等一等，看看變異戰蛛獸接下來的行動再做決定。」

「可是食物有限。要是一直等到食物快吃完了才探索，萬一裡面的空間大到幾天都走不完該怎麼辦？直接餓死在裡面？這種死法也未免太蠢了。」

莫浩然立刻指出這個計畫的最大缺點。傑諾一向心思縝密，難得會提出破綻這麼明顯的建議。

傑諾再度沉默。

莫浩然沒有說話，只是耐心地等待。他知道這位大法師的腦袋比自己聰明太多，用不著再多說什麼，對方一定會理解。

「……好吧。」

過了數分鐘後，傑諾總算開口了。不知是不是錯覺，他的聲音聽起來變得更加疲倦與無奈。

「你把手放在壁畫上。另外，記得牽住強化人造兵的手。」

「牽手？為什麼？」

「我猜壁畫後面的紋陣與空間折疊有關，要是不牽手，或許強化人造兵會進不去。

裡面不知道有什麼危險，讓她跟著比較好。」

莫浩然轉頭望向鬼面少女，視線落到了她的雙手上。

（牽手……）

不知為何，莫浩然突然覺得有點緊張，心跳似乎也跟著加快了一點。

（連澡都一起洗過了，還緊張個屁啊？白痴！）

莫浩然在心中大罵自己，然後走到鬼面少女面前，用左手牽起對方的右手。

掌心傳來溫軟的觸感，以及象徵生命的熱度。

莫浩然什麼話也沒說，牽著鬼面少女快步走向壁面。鬼面少女沒有反抗，就這樣讓莫浩然牽著自己。莫浩然突然想到，對方此時的面具底下會是什麼樣的表情？驚訝？困惑？厭惡？還是……？

莫浩然沒有再想下去，他左手牽著鬼面少女，右掌平貼在壁畫之上。

「好了。」

「把魔力灌注到壁畫上。」

莫浩然聞言立刻照做。

——然後，眼前的世界頓時一黑。

探險日 02

魔王寶藏

世界轉為黑暗，但只維持了一瞬間。

恍惚感宛如浪濤般洶湧襲來，重重拍打了名為意識的礁岩，然後迅速退去。剎那間，莫浩然失去了對於整個世界的認知，等他察覺到時，四周的環境已經變得不一樣了。

此時莫浩然腳下所站的地方，不再是陰暗封閉的山洞，而是一個廣大的房間。房間的四壁、天花板與地板皆由黑色磚石所砌成，因為沒有光源，所以伸手不見五指。

只不過這種程度的黑暗對莫浩然來說算不了什麼。或許應該說，對於能夠看見元質粒子的魔法師而言，黑暗反而變成了用來隱藏自身的便利道具。

房間很大，莫浩然下意識的用黑道夜總會的場地作為比較基準，得到了這裡「跟夜總會大廳」一樣大的結論。房間裡面空空蕩蕩，除了大量的空氣與灰塵以外，其他什麼都沒有。

「這裡是……？」

莫浩然輕聲詢問傑諾，但頭上的大法師遲遲沒有回答。

這傢伙正在思考嗎？莫浩然心想。於是他決定先不打擾傑諾，開始打量這個房間。

沒想到莫浩然才一轉頭，竟然見到鬼面少女躺在地上一動也不動，讓他嚇一大跳的畫面。

「喂！妳怎麼了？」

莫浩然連忙走到鬼面少女身邊，蹲下來察看情況。鬼面少女的胸口略有起伏，表示仍有呼吸，他摘下少女的面具，發現對方的臉色很正常。鬼面少女看起來沒有受傷，彷彿只是睡著了而已。

「喂，傑諾，怎麼回事？」

莫浩然問道，傑諾依然沒有反應。

這位嘮叨的大法師平時就算沒事，也會突然跳出來說些什麼好突顯自己的存在感，但現在卻一反常態地保持沉默。

「傑諾？傑諾？」

莫浩然喊了好幾聲，傑諾依舊沒有反應。這下子他開始緊張了。

「傑諾？大法師傑諾？喂喂，有人在家嗎？傑諾？你在開玩笑嗎？別鬧了，這不好笑！喂？喂！幹嘛不說話？上廁所的話應一聲啊！」

莫浩然的音量越來越大，到最後幾乎是用吼的了。頭上的大法師始終沒有回應，只有他自己的聲音在房間裡不斷迴蕩。

莫浩然就這樣不斷大喊大叫，持續了好幾分鐘。為了喚出傑諾，他嘗試了好幾種方法，從呼喊到拉頭髮，每一種能想到的方法他都用上了，最後他氣喘吁吁地癱坐在地，頭上的大法師仍舊毫無反應。

「媽的！搞什麼啊！」

莫浩然用力往地上搥了一拳。咚的一聲，沉悶的聲音響起，同時伴隨著深入骨髓的刺痛感。

洩憤完後，手掌的疼痛讓他稍微冷靜下來。驚慌的情緒逐漸消退，接下來浮現的，是茫然與恐懼。

雖然平時覺得傑諾很囉嗦，但直到對方不在了，莫浩然才知道自己有多麼依賴他。

在這個舉目無親的異世界，傑諾是他唯一可以信任的對象。那個總像老媽子一樣嘮嘮叨叨的傢伙，傳授了他關於傑洛的常識與知識、如何活下去的方法，以及變強的手段。要是沒有傑諾的隨身教導，恐怕自己在這個異世界根本活不了幾天。

（……冷靜。）

莫浩然深吸一口氣，告訴自己不要慌張。

現實無法改變。

要扭轉已經發生的事實，需要足夠的知識與力量。現在的他，兩者皆欠缺。

所以——才不能什麼都不做。

坐在原地發呆或哭泣，沒有任何意義。

那只是無謂的耍賴，此時此刻，根本沒有可以供他耍賴的對象。

自己必須做點什麼。

必須先做好眼前可以做的事。

然後，才能繼續向前。

莫浩然冷靜下來，接著開始思考到底發生了什麼事。傑諾沒有反應，以及鬼面少女沉睡不醒，導致這兩件事發生的原因或許是同一個，換句話說，他必須找出那個原因，並且解決它。

別緊張，仔細地、慢慢地思考，莫浩然如此說服自己。電玩遊戲裡面不是也有很多類似的事件嗎？偵探漫畫與小說不是也看了好幾套？說穿了不過就是解謎元素，只要用心找，就一定能找到解決問題的鑰匙。

（是因為環境轉移的關係？這個房間有問題？）

莫浩然首先懷疑的便是這個房間。

或許這裡設有結界什麼的，才會讓傑諾與鬼面少女出現異常。至於自己為什麼沒事……嗯，因為自己是主角……不對不對，因為自己是魔力無效體質……還是不對，這種想法明顯是先有答案再想原因，很容易走進思考誤區。

莫浩然站起來，準備探索這個房間有無問題。他雖然不懂機關術，也沒有當過盜賊的經驗，但這裡是傑洛，魔力的世界，大部分的怪異現象都與魔力有關，只要仔細觀察房間裡面的元質粒子，總會有點線索。

（等等……元質粒子……？）

這時，莫浩然驚覺一件怪事：明明傑諾沒有反應，為什麼自己還看得到元質粒子？

「也就是說，精神同調還沒有解除……？」

莫浩然一邊自言自語，一邊試著調動元質粒子。果不其然，元質粒子回應了他的意志，放射出名為魔力的能量。這是一個很重要的發現，它不僅意味著莫浩然仍然能夠使用魔法，也暗示著傑諾並沒有真的離他而去，而是基於某種理由無法與他對話。這讓他感覺稍微輕鬆了一點。

莫浩然仔細檢查了房間，沒有發現什麼不同之處。房間有兩扇門，不像山洞裡的門一樣用畫的，而是實實在在的門。在找不到任何線索的現在，除了打開那兩扇門，似乎別無他法。

扇門。

「……好吧，拚了。」

莫浩然製造出魔力平臺，將鬼面少女抬起。接著他深吸一口氣，謹慎地打開其中一扇門。

材質不明的大門沒有上鎖，很順利地就打開了，沒有跳出落穴或針山什麼的陷阱。莫浩然小心翼翼走進去，在失去傑諾的現在，他完全不敢大意，每一步都走得很小心。

門後是一個跟剛才一模一樣的房間，裡面空無一物，對面的牆上也有一扇門。莫浩然仔細搜索，每一個角落都不放過。像這種地方大多有密道或密門，而且啟動方式很可能與魔力有關，所以就算他不懂機關術，只要觀察元質粒子的分布應該就沒有問題。

莫浩然手邊沒有計時的工具，此地也沒有日夜之分，他很快就喪失了時間的概念。搜索許久，莫浩然一直找不到什麼可疑之處，他決定暫時放棄這個房間。他唯一的收穫就是「長時間保持警戒相當累人」這項發現而已。

他坐下來休息了一會兒，順便吃點東西補充體力。因為不知道會被困在這裡多久，所以他吃的不多。他簡單地分配與計算了一下，要是節省一點，身上的食物與水大概能支撐八、九天。

搜索時他就察覺到了，這裡的空氣雖然聞起來有股淡淡的霉味，卻沒有因為他與鬼面少女的存在而變得稀薄，可見這裡有換氣系統。換言之，通往外界的道路確實存在，一想到這點，他就覺得安心不少。

等到精神恢復得差不多了，莫浩然便打開另一扇門。

這次門後總算有東西了。

一模一樣的房間，不同的是，牆壁多出了許多架子，地上也堆滿雜物，乍看之下有如垃圾堆，空氣中的霉味變得更重。

「嗚哇……」

莫浩然的表情又是嫌惡又是高興。嫌惡的是這裡實在太過髒亂，高興的是總算有變化了。要是每個房間都空無一物的話，那才更讓人頭痛。

他沒有貿然去動地上的雜物，而是先用眼睛觀察雜物上面的元質粒子，等到確認應該沒問題後才碰。地上的雜物多得數不清，但他拿出了玩解謎類電動所培養出來的耐心，小心地、慢慢地觀察。這些雜物大多是破損的，有些從外觀根本看不出是什麼東西。

中途他還特地跑到先前的房間休息一下，以免這個尚未檢查完畢的房間突然跑出什麼東西。最後，莫浩然終於完成了耗時耗力的搜索工作。結論是：一切正常。

「這樣不行……」

莫浩然一邊看著雜亂的房間，一邊喃喃自語。

太花時間了，得改變作法。他覺得自己最好先搞清楚這裡有多少房間，再來處理房間裡面的東西。

「……靠，我白痴啊！」

這時，莫浩然突然用力拍了一下自己的額頭。

自己不是會魔法嗎？明明就有明鏡之型可以用，幹嘛選擇最沒效率的體力勞動？莫浩然暗罵自己腦袋轉不過來，老是習慣性的按照地球思維做事。畢竟這種行動模式可是花了十六年養成，並非短時間就能扭轉過來。

莫浩然平復心情，接著他深吸一口氣，閉上雙眼，開始調動元質粒子。

抽取魔力、構建魔法、魔法制御，莫浩然順利完成了魔法的三個步驟，成功施展出明鏡之型。魔力絲線以莫浩然為圓心，開始向四面八方放射。傑諾所支援的魔力半徑跟往常一樣維持在三十公尺的水準，所以明鏡之型的探查半徑同樣是三十公尺。

十秒之後，莫浩然睜開了雙眼。

「……媽的，不行！」

莫浩然低聲罵道，表情滿是失望。

房間的牆壁不知道被做了什麼手腳，魔力絲線根本探不出去。明鏡之型所能偵查的範圍，僅限於房間裡面而已。莫浩然猜想牆壁後面或許刻了什麼紋陣，能夠隔絕明鏡之型的探測。

（算了，那就多探幾次！）

莫浩然很快就振作起來。至少明鏡之型能作用到整個房間，探查效率比起先前也算是提高了。莫浩然從行李裡面拿出紙筆，他準備畫一張有關魔王藏寶庫的地圖，搞清楚這裡有多少房間、放著什麼東西，以免重複或忘記探索某個房間。

繪製這份地圖所花的時間，比他預想的還要快。這個被稱為魔王藏寶庫的地方，是由八個房間組成的回字形結構。每個房間大小相同，各有兩扇門通往其他房間。房間放置的東西都不一樣，有的房間是空的，有的房間滿地雜物，有的房間排著一列列的書架，有的房間堆滿箱子。

畫好簡略的地圖後，莫浩然開始仔細地探索房間。有了明鏡之型，探查效率驟然提升了數十倍。要是使用肉眼，僅能觀察視線所及的東西，但魔力絲線卻能將一定範圍內的情報瞬間反饋到腦中。

明鏡之型雖然便利，不過頗為耗神。如果只是粗略觀察的話還無所謂，但莫浩然的作法卻是觀察房間裡的每個細節，無有遺漏。由於大量情報瞬間湧入腦中，導致了頭痛、暈眩與噁心感等副作用，因此每用一次，莫浩然就必須睡上一覺，讓頭腦休息一下。

後來莫浩然算了一下，發現若是加上休息的時間，其實使用明鏡之型並沒有比肉眼觀察快多少。但明鏡之型有一個優點，就是觀察得夠仔細。於是莫浩然最後還是放棄了肉眼觀察，畢竟要是不小心看漏了點什麼，只會浪費更多時間。

莫浩然之前已經探索過兩個房間，第一個房間是空的，第二個房間滿地雜物，不過為求謹慎，他還是用明鏡之型重新掃了一遍。房間的牆壁、天花板與地板沒有任何可疑的痕跡。

第三個房間裡面全是書架，架上排滿了書。莫浩然看不懂傑洛的文字，這些書對他而言與破爛無異。同時因為擺放太久，書本的紙張全部脆化了，輕輕一碰就會變成碎屑。

第四個房間堆滿箱子，莫浩然用明鏡之型一掃，發現箱子裡面裝的全是石頭。他猜測這些石頭可能是礦石，也可能是寶石原石，但沒有證據。不過這裡畢竟是魔王的藏寶庫，就算放著石頭，應該也不是普通的石頭。

第五個房間同樣堆滿箱子，箱子裡面塞滿枯萎的植物，有些箱子甚至傳出陣陣惡臭。莫浩然不敢多待，萬一有毒就不妙了。

第六個房間沒有箱子，而是擺放了無數的雕像。這些雕像有的是人形，有的是怪物的形狀，材質有石頭、有木頭、有金屬。有些雕像是用一種疑似橡膠的東西雕成的，摸起來的觸感很像人類皮膚，莫浩然把這種材質暫稱為「類橡膠」。

每一尊雕像都刻得栩栩如生，不過每尊都斷手缺腳，有的甚至連頭都不見了。莫浩然發現石像內部銘刻了大量紋陣，不過全是破損的。莫浩然基於電玩思維，甚至把雕像的數量數了一遍，總共四十五尊，石頭材質六尊、木頭十二尊、金屬十四尊、類橡膠十三尊。

第七個房間是許多架子，但架上是空的，地上灑滿了碎玻璃。莫浩然懷疑這些架子上原本有東西，很可能就是用玻璃瓶或玻璃盒盛裝的，只是因為地震或什麼的原因掉下來。但仔細想想，這個推測似乎有些想當然爾。首先，就算容器破了，容器裡面的東西總該留下來吧？其次，這些容器也未免破得太徹底了，連一個完整的容器都沒留下來。

最後，莫浩然總算來到了第八個房間。

探索前七個房間花了他許多時間，因為手邊沒有時鐘，他只知道自己睡了七次，吃了三次。前面七個房間一無所獲，他將希望全都放在第八個房間了。

第八個房間裡面滿是箱子，莫浩然用明鏡之型一掃，發現箱子裡面裝的竟是各式各樣的武器，有長矛、有刀劍，也有盾牌。莫浩然打開其中一個箱子，從裡面抽出了一把劍，細看之下，發現這些武器竟然全是魔導武器，而且是從沒看過的型號。

但是，武器內部的銘刻紋陣殘缺不全。

紋陣缺損的魔導武器，就跟一般武器沒兩樣。

莫浩然抽出了另一根長矛，紋陣缺損；抽出了一面盾牌，紋陣缺損；抽出了一柄斧頭，紋陣缺損；抽出了一把巨劍，紋陣缺損。最後莫浩然一火大，索性把房間裡所有的武器全部檢查一遍，結果全部是紋陣缺損的不良品。

「靠夭啊！這哪叫魔王的藏寶庫？根本是魔王的垃圾場吧！」

莫浩然一臉悲憤地仰天大吼。

按照傳統的故事路線，每當主角因某些原因誤入神秘洞穴或遺跡時，便是開啟奇遇模式的時候。

在武俠故事，主角會得到前輩高人留下的神功秘笈、仙丹妙藥或寶刀寶劍。

在奇幻故事，主角會得到古代強者留下的精妙絕技、傳奇道具或神器魔劍。

在修真故事，主角會得到傳說大能留下的深奧功法、夢幻靈丹或絕世法器。

在愛情故事，主角會得到絕世美女的……算了，這個扯得有點遠。

總之，凡是進入不知名的場所，便代表主角準備奪寶升級，大幅提升自身實力。換成自己呢？道具是破的，武器是壞的，書本是腐朽的，甚至連金銀財寶這種最基本的寶藏元素都沒有！尼瑪的有沒有搞錯！

莫浩然雖然對魔王寶藏沒興趣，但多少還是會抱有一絲期待。就像人人都知道自己中彩券的可能性微乎其微，但還是會買個兩張試手氣一樣。然而，莫浩然的情況卻是中了大獎，領到的獎金竟然還比不上買彩券的成本！

除了仰天大吼，莫浩然也不知道自己該做出什麼反應了。

吼完之後，他的頭變得更痛了，索性呈大字型躺在地上，沉沉睡去。

※◆※◆※◆※

意識一片黑暗。

黑暗蕩起波紋，像是冒出無數漣漪的水面。某些東西從最深沉的底部緩緩浮上來，訴說著某個故事。

那是屬於過去的故事。

那是存在於很久很久以前，連確切的時間也無法回憶起來的故事。就像是翻開陳舊的書籍，只能在泛黃的紙頁裡流傳的遙遠過去。

然而，演繹著故事，宛如主角般的「那個人」，卻失去了名字。

……不，其實是有名字的。

只是，「那個人」的名字在連本人都記不起原因的情況下，悄悄地從自身記憶中消失了。

「那個人」，背負著無數人的死。

至於背負的理由，「那個人」也已經忘記了。

或許是擁有比其他人還要強大的能力，希望能用這股力量來成就些什麼吧？

或許是自己曾經歷過同樣的遭遇，希望能夠為那些悲慘的人們做點什麼吧？

或許是被某人的理想、信念與價值觀所感動，希望能用雙手來拯救什麼吧？

而且理由這種東西，事實上要找多少有多少，因此初衷為何，似乎也就變得不那麼重要了。

唯一重要的是，「那個人」開始背負起不屬於自己的靈魂。

「那個人」用承擔他人的過去，將銘刻在靈魂中的人生、悲嘆與遺憾，也一起背負下來。

每踏出一步，「那個人」的步伐就越加沉重。

每踏出一步，「那個人」的精神就越加痛苦。

可是，「那個人」還是沒有停下來。

穿梭於戰場之上，漫步於鬥爭之間。每走過一個地方，「那個人」就背負了更多的靈魂。

數十、數百、數千，到了最後，「那個人」背負著數以萬計的死，並且持續增加，絲毫沒有停止的跡象。

——於是，終於出現了改變。

「那個人」的名字，慢慢從自己的靈魂中消失了。

在此同時，「那個人」也發現到自己終究無法拯救任何人。

為了達成那個連自己都快要忘卻的目的，必須儘快做些什麼才行。

於是，失去了名字的「那個人」，為自己的靈魂刻上了另一個名字。

那個名字，乃是——

「歐……蘭……茲……」

呢喃著某個人的名字，莫浩然的意識從睡眠的國度悄然回歸。

醒來後，莫浩然露出茫然的表情。一方面是他還沒完全清醒，另一方面是因為剛才作的怪夢。自己為什麼會作那樣的夢呢？真不可思議。

歐蘭茲。

魔王的名字，百年前的魔法師，意圖征服傑洛的男人。

那應該是非常遙遠的、與自己無關的故事，但不知為何，總覺得好像在哪裡聽過這個名字。不是從旅行商人西格爾口中，而是更早以前。

「征服傑洛的魔王歐蘭茲……歐蘭茲……傑洛……」

莫浩然反覆唸誦著魔王的名字，越唸越覺得熟悉。

「歐蘭茲、傑洛、傑洛、歐蘭茲……傑諾．歐蘭茲……？」

莫浩然立刻坐了起來，為自己的發現悚然而驚。

傑諾．歐蘭茲。

這不正是自己頭上那位大法師的名字嗎！

召喚莫浩然的人，名字叫做傑諾．歐蘭茲。在遙遠的過去被稱為魔王的人，也叫做歐蘭茲。這兩人難道有什麼關係嗎？莫非是同一個人？

（……不對，那傢伙要是魔王的話，怎麼可能會被關起來。）

莫浩然隨即否定了自己的猜測，光是年紀就對不上了。他曾聽傑諾說過，傑洛人的壽命與地球人差不多，應該只是恰巧擁有同一個姓氏而已。

不過若是姓氏相同，似乎又未免太巧了……等等！難道傑諾是魔王歐蘭茲的後代？這個可能性就大多了！

「難道說，把魔王後代關起來的莎碧娜其實是正義的一方，至於打算把魔王後代解救出來的我，則是不折不扣的大反派……」

莫浩然忍不住喃喃自語。

這種立場逆轉的伏筆，堪稱現代娛樂故事最常被使用的點子之一。莫浩然每次一看到這種好人變反派、反派被洗白的手法，就忍不住想要罵一句「尼瑪的又來了！」，結果沒想到自己竟然也有被人角色逆轉的一天。

「唉——想太多、想太多。」

莫浩然甩了甩頭，暫時將無聊的臆想扔到一邊。反正傑諾就寄宿在自己頭上，到時只要問他是不是就好了，自己在這裡浪費時間亂猜未免太蠢。目前的首要大事是找到脫離這裡的方法，而不是思考傑諾的老爸究竟是誰。

莫浩然倚牆而坐，思考接下來該怎麼辦才好。八個房間已經被他搜遍，仍舊找不到逃離的線索，他閉著眼睛，回想自己究竟錯過了什麼。

——遺忘了某物的感覺始終纏繞於心頭。

莫浩然隱約覺得自己忽略了什麼，只是一直想不起來而已。這種感覺從他用明鏡之型探查房間後就出現了。

莫浩然知道，自己必定忽略了某個關鍵之物。

但，那會是什麼？

他重新把自己所畫的地圖拿出來仔細研究，但看了半天還是看不明白。他越想越火大，最後索性撿起一把劍，朝著牆壁亂砍洩憤。但是牆壁的材質極為堅硬，手中的劍很快就被他砍彎了，於是莫浩然又撿起另一把繼續砍。直到砍壞三把劍後，他才氣喘吁吁地停手。

「媽的……」

莫浩然仰頭嘆息，為剛才的舉動而後悔。

這種時候，多保留一分體力就多一分活命的希望，自己竟然還浪費體力砍牆壁，實在太蠢了。像這種銘刻紋陣早就壞掉的魔導武器，再怎麼砍也是……

（——等等！）

莫浩然呆住了。

在那一瞬間，他腦中突然閃過了些什麼。

「紋陣……紋陣……壞掉的紋陣……明鏡之型看不透……」

莫浩然的雙眼恢復了光彩。他終於想到自己忽略什麼了，答案就是紋陣！

明鏡之型的搜索能力受到了限制，是因為牆壁後面可能刻有紋陣，但紋陣不可能自行啟動。傑諾曾說過，紋陣需要灌注魔力才能發揮作用，就像是電器必須插電一樣。換言之，這裡必定有某種東西提供了魔力，才能讓牆壁的紋陣得以啟動。只要能找到那個東西，並且把它關掉，就能用明鏡之型徹底剖析所有房間了！想到這裡，莫浩然不由得精神一振。

「等等，反過來說——」

只要把紋陣破壞掉，效果不也一樣嗎？

莫浩然連忙走到牆邊，然後用穿弓之型轟向對面的牆壁。伴隨著震耳欲聾的轟隆聲，整個房間被爆風捲起了大量的灰塵。莫浩然一邊咳嗽，一邊確認攻擊的結果。

牆壁完好如初。

「很硬嘛……好！」

莫浩然這次調集了所有的魔力，全力轟擊牆壁。這次不只是灰塵，就連地上的武器也被吹飛了。

牆壁依舊堅挺。

「那這樣呢？星——辰——爆碎拳——！」

莫浩然將魔力凝聚於右拳，對著牆壁使出了自創的絕招！一擊之後，基於牛頓第三運動定律，莫浩然抱著右拳表情痛苦地跳來跳去。

牆壁絲毫無損。

「尼瑪……」

莫浩然無語了。這牆壁到底是用什麼做的？竟然硬成這樣！

接著莫浩然又嘗試了數種方法，包括用那些壞掉的魔導武器施展剛擊之型，但還是無法在牆上留下任何傷痕。他原本打算借用鬼面少女的佩劍，不過後來發現原來那只是一把普通的長劍，於是打消了這個念頭。

「不對……要冷靜……一定有辦法……」

莫浩然大口喘息，說服自己冷靜思考。他仔細觀察牆壁，希望能找出可以被稱為破綻的東西。

牆壁表面的元質粒子密度很高，或許這就是它為何如此堅硬的原因。驅散這些元質粒子？不，不可能。元質粒子這種東西跟基本粒子很像，無數的基本粒子組成了物質，但你無法從物質中抽出基本粒子，除非你能控制促使結合這些基本粒子的自然界四大基本力——強力、弱力、引力、電磁力。

根據莫浩然的理解，魔力是一種透過元質粒子共振與碰撞所產生的能量，這股能量跟四大基本力似乎無關。利用魔力，他最多只能讓元質粒子在牆壁上面移動，但無法把它們驅散掉。

（移動……）

要是移動牆壁內的元質粒子，然後攻擊沒有元質粒子的地方的話呢？想到這裡，莫浩然立刻動手試驗。結論很快就出來了：沒有用。

「好吧，至少知道這面牆之所以會硬，跟元質粒子沒有關係。」

莫浩然一邊安慰自己，一邊思索其他方法。他呆望著牆壁，呆望著牆上的元質粒子，呆望著面前的空氣，腦裡一會兒充滿雜念，一會兒一片空白。莫浩然總覺得自己似乎快想到了什麼，又似乎什麼都想不到。

恍惚間，莫浩然的右手摸上了牆壁。看著密密麻麻有如光河的元質粒子，他下意識地操作了起來。

修復之型。

在茲納魯提城，他化名傑克．史萊姆的時候，幾乎每天都在修復魔導武器。將元質粒子模擬成拉鍊狀的作法早已熟悉到不能再熟悉，都快變成一種習慣了。此時此刻，在腦袋放空的情況下，莫浩然不自覺地用出了這個魔法。

元質粒子排成拉鍊。

然後——將作為滑楔的元質粒子向旁一拉。

牆裂了。

「為什麼啊……？」

看著崩裂的牆面，莫浩然不禁傻眼。

只是將元質粒子排成拉鍊，然後再拉開而已，為什麼就能破壞牆壁？這是什麼原理？難道說，修復之型不只能用元質粒子將斷裂的物體接合，也可以反過來將完整的物體切裂？

「——算了，魔法世界就是這麼沒有道理，反正有用就好。」

傑諾不在，莫浩然怎麼想也想不明白，最後乾脆將原因推到「世界規則」這種虛無縹緲的概念頭上。就算成績再好，他終歸也只是個高中生，以他的知識，還做不出用地球科學剖析異世界魔法這種高難度的事情，套用地球知識來建構魔法已經是他的極限。

牆上的裂痕長約十公分，深度約一公分。裂痕雖淺，但意義卻很大，它帶給了莫浩然逃離此地的希望。

莫浩然又施展了一次明鏡之型，但還是只能掃瞄這個房間，這表示牆壁後面的紋陣依舊完整，他必須破壞得更深才行。也可能裂痕後面沒有紋陣，他剛好破壞到無謂的部位，也就是說，破壞範圍必須更大。

「好！」

莫浩然打起精神，開始對整面牆施展修復之型。

原本以為這個工作很簡單，沒想到意外地吃力。在莫浩然修復過的魔導武器裡面，最長的斷裂面也不會超過三十公分，然而這一整面牆的長度將近二十公尺，這意味著修復之型所覆蓋的範圍必須擴大二十倍。

俗話說得好，量變有時足以引起質變。這可不是只要施展二十次修復之型就能解決的事，莫浩然操作到頭暈腦脹，好不容易才完成了長度五公尺、深度二十公分的元質粒子拉鍊。中途休息了兩次，莫浩然總算完成這個浩大的工程。

帶著緊張的心情，莫浩然拉開好不容易才做好的元質粒子拉鍊。隨著滑楔的移動，牆壁順利地裂開，就像一塊奶油被熱刀子劃開般，平滑、完整，無聲無息。

莫浩然滿足地嘆了一口氣，然後施展明鏡之型。過了一會兒，他露出奇怪的表情。

「只有這面牆透得過去……」

敢情這房間的紋陣不是一個整體，而是每面牆都個別銘刻了一個紋陣？就連天花板與地板也一樣？莫浩然湧起一股想揍人的衝動。這是哪門子的無良設計？那個魔王也未免太閒了吧！

雖然火大，但莫浩然沒有選擇的餘地，只能繼續破壞紋陣，這個工作又花了他許多時間。手邊的食物越來越少，如今只剩下一半不到，按照這個進度，恐怕還沒等到他將八個房間全部破壞掉，食物就會吃光了。他開始羨慕鬼面少女了，那種不用吃東西的體質實在很方便。

「總算……」

莫浩然一邊喘氣，一邊看著辛苦勞動的成果。四面牆壁都被他破壞了，地板也是，天花板因為太高了，所以先放棄。

帶著幾分期待與不安，莫浩然深吸一口氣，閉上雙眼施展明鏡之型。

過了數秒，他猛然睜開雙眼，衝去一把撿起自己扔在牆角的地圖。

根據地圖，這個房間位於回字形結構的正下方。如果每個房間的四壁都刻有紋陣，那麼他應該看不到左右兩側的房間，但能夠看到下面與上面的情況。然而，他只看到下面的岩石，卻看不見上面有什麼。

「原來如此……！」

最中間的房間沒有門。

房間不是八個，而是九個。

這裡的結構不是回字形，是九宮格！

莫浩然轉頭看向那面牆，他有預感，離開這裡的線索一定就藏在第九個房間裡面。

那麼，問題來了──他該怎麼進去？

莫浩然沿著牆壁走來走去，不時觀察與觸摸。在他看來，這面牆沒有任何暗門與機關，非常正常。接著他前往其他房間，將第九個未知房間的牆壁都看過一遍，照樣看不出什麼線索。

怎麼辦呢？莫浩然坐在牆角，對著神秘的牆壁發呆。為了節省食物，這陣子他吃的很少，再加上不斷使用魔法，不論體力與精神都已疲憊不堪，現在腦子裡面昏昏沉沉，於是莫浩然望著打不開的牆壁，有些自暴自棄地說了一聲：「芝麻開門。」

話才剛說完，牆壁正中央突然有一部分向左右兩側無聲滑開，露出了一個正方形的洞穴。莫浩然睜大了雙眼，訝異得說不出話來。

（尼瑪！有沒有搞錯？這樣也行？）

就在莫浩然驚愕之際，洞穴裡面突然有一位女子探出頭來。距離太遠，看不清楚女子的長相，只看得出對方有一頭奇特的銀色短髮。

只見銀髮女子左右張望，似乎在確認外面有沒有人。由於房間裡面滿地雜物，鬼面少女沉睡不醒，莫浩然又倚牆不動，因此乍看之下房間裡似乎無人。

銀髮女子鬼鬼祟祟地走了出來，然後背對著莫浩然，躡手躡腳地走向另外一側的房門。銀髮女子輕輕地打開房門，探頭看了一下，然後迅速把頭縮回來。接著她又躡手躡腳地走向莫浩然這一側的房門。看到銀髮女子的舉動，莫浩然心中明悟，知道對方是在找自己。

（該怎麼辦？）

這一瞬間，莫浩然心中閃過無數念頭。

會出現在魔王的垃圾場……不，是藏寶庫裡面的傢伙，不是看守者就是管理者。縱觀古今中外所有故事，這類角色最大的用途只有一個，那就是解決入侵者。自己現在累到動不了，魔法也放不出來，一旦被銀髮女子發現，鐵定會被幹掉！

想到這裡，莫浩然立刻放輕呼吸，雙眼緊閉一動也不動。他決定先裝死，銀髮女子沒有發現他最好，萬一發現了，就找機會驟起突襲。

銀髮女子走到門邊，然後將頭探出門外，接著迅速把頭縮回來。就在這時，她終於發現了躲在牆角的莫浩然以及鬼面少女。

「啊，原來在這裡！」

銀髮女子訝異地說道。她的聲音雖輕，但此時房間一片寂靜，莫浩然還是可以聽得很清楚。他的心跳頓時加快，暗暗做好動手的準備。

「都已經躺在妳前面了還看不到，真夠呆的。」

銀髮女子的聲音再次傳來，不過口氣突然變得有些冷淡。

「妳還不是沒有看到！」

「我早就看到了，只是沒有跟妳說。」

「騙人！」

「嗯，騙妳的。」

「妳是白痴啊！」

「不，我比妳聰明，這件事顯而易見。」

「說什麼蠢話啊？當然是我比妳聰明吧！」

「妳比較笨。」

「妳才笨！」

銀髮女子的語氣忽而激動，忽而冷淡，如果不是聲音沒變，乍聽之下簡直就像是有兩個人在互相對話一樣。

什麼情況？難道真有兩個人？莫浩然聽得大惑不解，但又不敢睜眼察看，只能繼續裝死，靜觀其變。

關於哪個人比較聰明的爭論持續了好一陣子，最後是由那個比較高亢的聲音轉移了話題。

「奇怪，這兩個人怎麼一直躺著不動？」

高亢聲音問道。

「因為死掉了吧。」

冷淡聲音回答。

「哼，說妳笨還不承認，這兩人明明就還有呼吸。」

「哦……有呼吸就代表活著，沒呼吸就代表死掉？」

「當然！」

「我們也沒有呼吸，所以我們也死了？」

「這、這個……不、不能混為一談！」

「為什麼？」

「因、因為……因為……」

高亢聲音有些結結巴巴，顯然正在苦思理由。

「因……因為我們不是人類！對，因為我們不是人類，是威嚇者！歐蘭茲大人親手製造的第一號威嚇者！」

高亢聲音說到後來顯得有些得意，這讓裝死的莫浩然更加緊張。威嚇者？敢安上這種聽起來就非常危險的頭銜，這兩個傢伙果然是警衛之類的角色，而且竟然還是什麼見鬼的第一號，難道等一下還會冒出第二、第三號？

就在莫浩然暗暗心驚之時，冷淡聲音開口了。

「抱歉，請別把我算進去。威嚇者什麼的，跟我無關。」

「胡說！我就是妳，妳就是我，怎麼會跟妳無關？」

「如果是歐蘭茲大人給的名字，我很樂意接受。至於妳自己亂想出來的爛名字，恕我不奉陪。」

「什麼爛名字！明明聽起來就很有氣勢！」

「品味非常糟糕。」

「至少比伊蒂絲四十六號好吧？四十六號，多難聽！」

「對號碼有意見的話，把四十六號去掉不就好了。」

「只叫伊蒂絲的話也不行！那裡可是有四十五個伊蒂絲，要怎麼分辨哪個伊蒂絲是我們？」

「那四十五個伊蒂絲又不會動。」

「就算不會動也是伊蒂絲呀！所以要多加一個名字，加強我們的存在感！」

「請別把我算進去，我叫伊蒂絲就好。」

「妳這沒志氣的東西！」

接著，這兩種聲音開始為名字的事情而爭執。

聽到她們說的話，莫浩然突然想起那個擺滿無數雕像的房間，裡面的雕像正好有四十五具。這兩個傢伙就是第四十六具？那句「我就是妳，妳就是我」又是什麼意思？

「咦，不對，我本來問妳的問題，應該是這兩人為什麼躺著不動吧？」

高亢聲音總算想起來了。

「因為睡著了吧。」

冷淡聲音隨即回答。

「妳不是說他們死了？」

「妳不是說他們沒死？」

「妳……」

「有問題嗎？」

「啊啊，沒問題，當然沒問題！他們沒有死，只是睡著了！這我當然知道！」

「知道了還問。」

「……好想揍妳。」

「妳有自虐的癖好？」

「誰自虐啦！」

「我就是妳，妳就是我。妳想揍我，就等於揍自己。簡稱自虐。」

「嗚啊啊啊——！受不了啦！為什麼我會跟這種白痴共用同一具身體啦！」

「抱歉，我比妳聰明，這顯而易見。」

「閉嘴，妳這白痴！」

兩種聲音又開始爭吵起來，圍繞著「誰比較聰明」的主題展開一場激烈的辯駁。

若換成其他人，恐怕不是聽得一頭霧水，就是認為聲音的主人腦袋有問題。不過，出身於資訊大爆炸時代的地球，接受過無數動畫、漫畫、電影、小說洗禮的現代高中生莫浩然，僅僅依靠剛才所說到的幾個關鍵字，立刻猜出了對方的異常——雙重人格。

能不能從這點下手，想辦法對付銀髮女子？莫浩然猶豫了一下，但隨即打消了這個念頭。

根據傳統的故事走向，這種腦袋有問題的角色是最好打發，也是最難解決的對手。如果你身負主角威能，就有很大的機會反過來讓對方助自己一臂之力；如果你是路人命格，下場就是被喜怒無常的對方宰掉。可惜這是現實，不是故事，莫浩然很清楚兩者不能混為一談。

就在莫浩然胡思亂想之際，那兩種聲音的爭論總算告一段落，討論的主題又回到了如何處理莫浩然與鬼面少女一事。

「喂，妳說他們睡著了，可是看起來不像呀。」

高亢聲音說道。

「哪裡不像？」

冷淡聲音反問。

「我們在旁邊講話講了這麼久，可是他們一直沒有醒。通常妳睡覺的時候，我只要一說話妳就醒了；我睡覺的時候，妳一說話我也會醒過來。妳看……他們該不會醒不過來了吧？」

「這不是很好嗎？」

「哪裡好了！要是他們就這樣一睡不醒，我們要怎麼問話啊？」

「想要問話，為什麼不在他們睡著之前出來？」

「笨蛋！之前不就跟妳說了，要是他們想對我們做壞事該怎麼辦？妳以為我幹嘛綁住他們？」

「個人興趣？」

「興趣妳個頭啦！」

兩種聲音又吵了起來。莫浩然暗中動了動手腳，沒有被什麼東西綁住的感覺呀？接著莫浩然很快就會意過來，對方大概是施展某種魔法綁住了自己，卻沒想到他的體質排斥魔力。由此可知，銀髮女子也是魔法師。

這時，兩種聲音爭執一陣子後，開始討論該如何把莫浩然叫醒。

「書上有說，只要澆水，就能把人叫醒。」

高亢聲音說道。

「這裡沒有水。」

冷淡聲音回道。

「書上還說，針刺也行。」

「地上好像有針。」

「早就看到了，在這裡。」

「要刺多深？」

「不知道。嘿！」

隨著「嘿」的一聲，莫浩然的右腿立刻傳來一陣劇痛！

莫浩然整個人痛得從地上彈了起來，然後抱著右腿在地上打滾。當他看到刺進腿裡的那根「針」時，差點把髒話罵了出來。

（尼瑪！這哪裡是針？這明明就是鐵錐！而且竟然插了一半進去！）

因為受傷的關係，莫浩然沒辦法再繼續裝死下去，但同時他也見到了銀髮女子的真面目。

銀髮女子的年紀看起來比他還要大上一些，大約二十歲左右，臉蛋小巧，五官精緻，長得十分漂亮。更加奇特的是，女子的雙眼顏色並不一致，而是左藍右紅。異色雙眸，加上一頭宛如由星光編織般的銀髮，使女子看起來帶有一股濃厚的神秘感。

此時銀髮女子正睜大了雙眼，一臉訝異地看著躺在地上抱腿抽搐的莫浩然。

「為什麼他還會動？我明明就用了鎖縛之型呀？」

疑惑的話語脫口而出，接著銀髮女子的神色瞬間轉換，由驚訝變為冷淡。

「因為妳的魔法太差勁了吧？」

下一秒鐘，銀髮女子面露不忿，抗議自己先前所說過的話。

「誰的魔法差勁了！我是完全按照書上寫的去做，一個步驟都沒錯！」

「可是他還能動。」

「這、這是……這是因為他力氣太大了！對，沒錯！一定是因為他力氣太大的關係！書上有說，要是目標的力量超過魔力鎖鍊的抗斥上限，還是會被掙脫的。嗯嗯，就是這樣！」

「可是他看起來不像力氣很大的樣子。」

「反正一定比我們大啦！這裡沒有其他人，學會這個魔法之後，我們也只用來綁過自己而已。我們力氣比較小，所以才掙脫不開。」

銀髮女子就這樣自問自答，編出了一個看似合理的解釋。

見到銀髮女子的怪異表現，莫浩然更加確定自己的猜測了，銀髮女子有著雙重人格之類的問題，絕對沒錯。

「咦？等一下，既然鎖縛之型被打破了，那我們現在豈不是很危險？」

銀髮女子的臉上突然露出警惕之色，接著立刻轉為冷淡。

「妳現在才想到嗎？」

「嗚哇！快、快逃！」

銀髮女子說完立刻轉身逃跑，她衝進牆壁中間的正方形洞穴，緊接著兩側的牆壁迅速合上。見到這一幕，莫浩然不禁傻眼，銀髮女子的行動太快了，別說是阻止，他連開口說話的時間都沒有。

搞什麼？把別人的腿捅了個洞，然後就這樣跑了？莫浩然呆呆地望著嚴密閉合的牆壁，不知該做何反應。對於銀髮女子怪異言行的荒謬感、對自己大腿受傷的憤怒感、暫時脫離危險的喜悅感，三者彷彿被打翻的顏料一樣彼此混雜，最後融合成長長的嘆息。

莫浩然撐起身體，將放在旁邊的行李袋拖過來，從裡面拿出了傷藥與繃帶。他咬牙忍痛拔出插入右腿的鐵錐，然後開始敷藥包紮。幸好鐵錐沒有插到大動脈，否則他真的死定了。

處理好傷口，莫浩然的力氣所剩無幾，同時激動的情緒也逐漸平復，能夠冷靜地思考問題。

現在的他又累又睏，根本沒有與人戰鬥的本錢，但是他又沒辦法安心休息，因為銀髮女子不知何時會再從牆壁裡面跑出來。想來想去，似乎只剩下一個辦法能夠擺脫眼前的困境。

莫浩然拖著腳走到牆壁前方，他叩了叩牆，聲音很沉，這代表牆壁相當厚實，絕非人力所能打破，至少他打不破。

「喂！有人在嗎——？」

莫浩然對著牆壁大喊，他的聲音在房間裡面不斷迴盪。

「裡面的人，聽得到嗎？妳不用擔心，我不是壞人，我是不小心掉進這裡的。妳只要告訴我出口在哪裡，我會立刻離開！」

這就是莫浩然所想的辦法——與銀髮女子進行交涉。

雖然不知道銀髮女子是不是能夠商量談判的對象，但試試看總沒錯。至少對方看起來擁有能夠與之溝通的智能與理性，比起一見面就想吃人的怪物要好多了。

「喂！妳有聽到嗎？請相信我，我不久前被怪物追趕，躲進了一個山洞裡面，然後不知怎麼的就跑到這裡來了。我不知道這裡是哪裡，也不知道妳是什麼人，不過我也不想知道，我只想知道怎麼出去。」

莫浩然一邊大喊一邊用力敲牆壁，反震力讓他的手很痛，但他沒有停手。牆壁一直沒有反應，他懷疑自己的聲音或許傳不到牆的另一側。

「有聽到嗎？妳聽得到嗎？我不是故意要進來這裡的，事實上我很想離開。有什麼條件，妳盡量提出來沒關係，如果我能夠做得到，我會盡量去做。妳只要告訴我出口在哪就行了。」

莫浩然誠懇地說道，牆壁依舊沒有反應。

「——騙人！別小看我，我才不會上當！」

就在莫浩然幾乎要放棄之際，牆壁突然傳出來銀髮女子的聲音。

聲音很清楚，聽起來完全不像是隔著一層牆壁。莫浩然忍不住打量眼前這面牆，難道上面有擴音器之類的機關嗎？異世界的科技實在不可小看。

「妳說我騙人，我騙了妳什麼嗎？」

莫浩然隨即反問，但牆壁對面沒有繼續傳來聲音。看來要找個對方感興趣的話題才行，不過什麼樣的話題才能引起銀髮女子的興趣呢？莫浩然很快就想到了。

「妳想知道歐蘭茲的消息嗎？」

莫浩然拋出了手中唯一的底牌。

從銀髮女子先前那番自問自答中，莫浩然隱約察覺了銀髮女子對於魔王歐蘭茲的崇敬，以及銀髮女子恐怕已經待在這裡很久的事實，他相信這張底牌足以動搖對方。

「歐蘭茲大人怎麼了？」

果然，牆壁後面的銀髮女子立刻就有了反應，而且不是普通的反應。銀髮女子的音調陡然提高，而且還可以聽見奇怪的碰撞聲與搔刮聲，就算沒有面對面，也可以想像得到對方是什麼樣的表情。

「啊啊，剛剛半睡半醒的時候，隱約聽到了歐蘭茲什麼的名字。恰巧，我知道一點關於他的事。」

「騙人！」

「沒有騙人。歐蘭茲可是很有名的哦，就連我這種人也知道。」

「哼、哼哼，那當然。歐蘭茲大人是非常偉大的人物，他的一舉一動，全世界都應該要關注才對，就算只是打哈欠也一樣。」

會關注那種事的傢伙，純粹只是太閒了而已吧？莫浩然心想。

「嗯，妳說得沒錯，所以我當然會知道他的近況。妳待在這裡很久了吧？一直沒有關於他的消息，對吧？只要告訴我出口在哪，我就把我所知道的、有關歐蘭茲的事情全部告訴妳。」

「嗚……」

莫浩然感覺銀髮女子開始猶豫了，他決定乘勝追擊，不給對方太多考慮的時間。

「事實上，歐蘭茲的情況很不妙哦。」

「什麼——？」

伴隨著尖叫聲，牆壁呼啦一聲打開來了。

莫浩然還沒來得及做出反應，銀髮女子就已經衝了出來，雙手緊緊掐住他的脖子。

「你說歐蘭茲大人怎麼了？很不妙是怎麼回事？別開玩笑了，歐蘭茲大人是無敵的，這世上沒有任何事情難得倒歐蘭茲大人，歐蘭茲大人怎麼可能會很不妙？對！沒錯！一定不可能！所以是哪裡很不妙了？是生病嗎？一定是生病吧？歐蘭茲大人生病了對不對？」

「我在書上看過，真正偉大的人物雖然從不言敗，卻總是輸給疾病。所以歐蘭大人生病了對嗎？他是打噴嚏還是牙齒痛？是嘔吐還是腹瀉？是便秘還是痔瘡？是經期不順還是睡眠失調？你快說快說快說快說呀！」

銀髮女子氣勢滔滔，劈頭就拋出一連串的質問。莫浩然可以感覺得出來，銀髮女子的關切是貨真價實的，然而關切的內容卻會令人萌生「妳真的尊敬那個人嗎？」的懷疑。

「等、等一……」

「快說！不然殺了你喲！別小看我，我一秒鐘可以打倒一百六十五人！雖然我沒跟別人打過架，但我相信我做得到！要是不說，我就切掉你的指甲，然後把它塞進不能給人看到的地方！書上說這樣做會很痛，真的很痛哦，不騙你！」

不能給人看到的地方究竟是什麼地方啊？莫浩然很想吐槽。

「妳掐住他的脖子，要他怎麼講話啊？」

銀髮女子的表情突然由激動變為冷淡，另一個人格及時現身，並且鬆開了手。莫浩然連忙倒退數步，不斷喘氣。銀髮女子的手臂看似纖細，但力量意外的大，絕不會輸給男性。

「你好，我叫伊蒂絲。」

銀髮女子對莫浩然點了點頭，用冷靜的聲音自我介紹。

「妳好，我是……桃樂絲。」

「桃樂絲？這是女性的名字吧？」

「呃……」

伊蒂絲的視線落到莫浩然的胸部上，她思考了一會兒，然後露出了「原來如此」的眼神。因為不知道該怎麼說明，所以莫浩然乾脆裝作沒看到。

「歐蘭茲大人怎麼了？」伊蒂絲問道。

「出口在哪裡？」莫浩然反問。

「……跟我來。」

伊蒂絲轉身走入牆上的門，也就是第九個房間。莫浩然猶豫了一下，最後還是跟了上去。

一踏入第九個房間，莫浩然被眼前的景象嚇了一跳，忍不住停下腳步。

第九個房間與前面八個房間不同，正中央有一座高臺，高臺上插著一把劍。那把劍發出淡淡的銀白色光芒，高臺四周不斷閃爍著有如電弧般的強烈能量，光是在旁邊看著，就知道那座高臺不是能夠隨便接近的地方。

「這是倉庫的中樞能源系統，那把劍則是能源核心。」

伊蒂絲也同樣停下腳步，為莫浩然介紹高臺與劍的來歷。

「只要關掉能源系統，倉庫的防禦設施會失效，封閉的出口也會跟著打開。」

「怎麼關？」

「把劍拔起來就行了。」

「這麼簡單？」

「哈啊？妳說簡單？」

伊蒂絲的口氣驟變，一臉輕蔑地看著莫浩然。另外一個人格又跑出來了。

「哼哼哼，天真的傢伙。平胸就算了，連腦子都是空的。說得這麼輕鬆，那妳去拔給我看看吶，希望妳在拔劍之前不會變成飛灰。」

說完，伊蒂絲的表情又變回冷淡。

「不要突然跑出來。」

「什麼嘛，難道妳聽了不會生氣嗎？什麼叫『這麼簡單』？要是簡單我們早就把它拔起來啦！也不會一直被關在這裡了！」

「談判的事情交給我，不要沒事跑出來礙事。」

「誰礙事了？為什麼又一定要交給妳啊？」

「因為我比妳聰明。」

「胡說！妳比我笨！」

「不，妳比較笨。」

「妳才笨！」

伊蒂絲的兩個人格吵了起來，針對「誰比較笨」這個低層次的議題展開了激烈的討論。莫浩然已經習慣了伊蒂絲這種自說自話的怪異舉止，於是他沒有理會對方，將注意力放在高臺上的那把劍。

仔細一看，可以發現大量的元質粒子正以高臺為核心，呈漩渦狀快速流動。由於元質粒子的密度太大，不斷產生碰撞，進而激發大量的魔力。

這些魔力沒有向外溢散，而是跟著看不見的漩渦一同轉動，與空氣中的微粒子產生反應，釋放出肉眼可見的弧狀能源。

莫浩然彎腰撿起一顆小石頭，然後試著將它扔向高臺。只見小石頭還沒來得及接近高臺，就被魔力的漩渦絞成碎粉。

「吶吶，看到了吧？那裡根本沒辦法靠近。我們試過一大堆辦法，身體也被燒掉好幾次，最後還是過不去。想拔劍？這一點都不簡單。」

察覺到莫浩然的舉動，伊蒂絲立刻放下與另一個人格的爭執，回頭嘲笑莫浩然。

「好啦，已經告訴妳出口在哪裡，現在輪到妳了。歐蘭茲大人他現在……喂！妳在幹嘛！」

伊蒂絲大吃一驚，因為她看見莫浩然竟然真的朝高臺走過去了。

「笨蛋！妳想死嗎？」

伊蒂絲連忙衝向莫浩然，想要將他拉回來。就在她即將抓住莫浩然的手臂時，閃爍不定的能源弧光擊中她的手掌。伊蒂絲連忙後退，她的手掌已經被燒成黑炭，要是再前進一步，恐怕整條手臂都會報銷。

「快回來呀！笨蛋——！」

伊蒂絲朝著莫浩然的背影大喊，接著她的表情由焦急轉為疑惑，再由疑惑轉為訝異，最後由訝異轉為不可思議。

莫浩然走到了高臺旁邊。他什麼也沒有做，只是一直往前走而已。然而，能源弧光沒有攻擊他，而他也沒有被魔力漩渦絞碎。

「這……」

見到這一幕，伊蒂絲完全說不出話了。

雖然自稱「看守者」，但伊蒂絲也曾動過看看外面的念頭。可是高臺四周的魔力漩渦太過暴烈，任何東西只要一接近就會被摧毀，因此她只能一直待在這裡，日復一日地等待魔王歐蘭茲的回歸。

試過無數方法的伊蒂絲，非常了解魔力漩渦的可怕，但是眼前這個不知從哪裡冒出來的傢伙，竟然這麼簡單就走到高臺旁邊了？這怎麼可能！

莫浩然用背部承受著伊蒂絲的驚異目光，筆直地走到高臺前方。

就如他所猜測的一樣，魔力漩渦對他無效。至於因魔力與空氣微粒子摩擦而產生的能源弧光，也因為暴動的魔力一靠近他就平息下來，所以沒有擊中他。

要是換成其他人，絕對無法這麼輕鬆就通過能源弧光與魔力漩渦兩關，也只有莫浩然這個不畏魔力的怪胎才辦得到這種事。

順著階梯走上高臺，莫浩然來到了作為能源核心的光劍之前。

「這是……？」

看著這把劍，莫浩然很快就知道魔力漩渦是如何產生的。

這把劍的劍身有許多裂縫，無數的元質粒子從裂縫中湧出，又有無數的元質粒子從裂縫湧入劍身，一來一往的結果，形成了元質粒子的循環流動，同時又因為元質粒子的密度太高，彼此碰撞衝突，進而釋放出大量魔力。

莫浩然雙手握住劍柄，深吸一口氣，然後用力將劍拔了出來。

就在莫浩然拔劍的那一瞬間，原本籠罩在高臺四周的魔力漩渦頓時平息，閃爍不定的能源弧光也跟著消失了。一種奇妙的感覺無聲地降臨，彷彿有某種看不見的束縛被解開似的。

離開劍座，劍上的光芒也跟著消失，莫浩然這時才得以看清這把劍的全貌。這是一把奇怪的劍，只有劍柄，沒有劍鍔，劍身部分則是一整塊未經雕琢的水晶，因此也沒有所謂的劍刃。這玩意兒與其說是劍，還不如說是棍子。

原本的劍座忽然下沉，接著升起一座圓型平臺。仔細一看，可以發現平臺上銘刻著繁複的紋陣。莫浩然愣了一下，隨即恍然大悟。想來這個紋陣的作用應該跟山洞壁畫一樣，專門用來進行空間轉移的，也就是所謂的「出口」。

「喂！那個誰，叫桃樂絲的！」

莫浩然抬頭，視線從紋陣轉到伊蒂絲身上。

「妳、妳已經找到出口了，可以告訴我歐蘭茲大人的消息了吧？」

伊蒂絲的語氣微帶緊張，她覺得眼前這個平胸女有些深不可測。

「啊？嗯，哦，對哦。」

莫浩然點了點頭，用情報交換情報，這是先前談好的條件。但就在莫浩然準備開口時，他又猶豫了。

見到莫浩然一副欲言又止的表情，伊蒂絲焦急起來。

「歐蘭茲大人怎麼了？妳快說呀！難道妳想反悔嗎？」

「不，那個……」

莫浩然的確沒有反悔，但他不知道該怎麼開口。他看得出伊蒂絲對歐蘭茲所抱持的忠誠心，如果直接告訴她魔王已死的消息，會不會太殘忍了？

經過短暫的遲疑，莫浩然決定還是實話實說。

「其實，那個，歐蘭茲已經死了。」

聽到這句話之後，伊蒂絲當場呆住了。她眨了眨眼睛，色澤相異的紅藍雙眸直直地盯著莫浩然，像是聽不懂對方所說的話。

「歐蘭茲已經不在這個世上了，他早在一百多年前就死了。」

莫浩然以為伊蒂絲沒聽到，於是將這項噩耗重複了一遍。

伊蒂絲看著莫浩然，過了好一會兒，她才緩緩開口。

「妳……」

伊蒂絲的聲音很輕，莫浩然只聽得見第一個字而已。

「什麼？」

「妳在說什麼蠢話！」

伊蒂絲突然放聲大吼，表情因憤怒而扭曲。

「大騙子！我已經告訴妳出口在哪裡了，妳竟然還敢騙我！」

伊蒂絲朝著莫浩然衝了過去。她沒有使用瞬空之型，但奔跑的速度卻異常快速，轉眼間就衝上高臺，伸出雙手想掐住莫浩然的脖子。莫浩然反射性地將手中的水晶劍往前一橫，想要擋住伊蒂絲。沒想到伊蒂絲一碰到那把劍，劍身立刻爆出耀眼的光芒，伊蒂絲發出慘叫，整個人被彈飛出去！

莫浩然同樣嚇了一跳，等他回過神後，連忙跑下高臺。

「妳沒事吧？抱歉，我不是故意——」

莫浩然邊道歉邊跑向伊蒂絲，當他看到伊蒂絲的情況後，忍不住倒吸一口冷氣。

伊蒂絲雙眼緊閉，躺在地上一動也不動，看起來像是死了一樣。她的胸口有一個焦黑的巨大傷口，那是剛才被劍所觸碰到的部位。傷口極深，但是沒有流血，同時也看不到肌肉、內臟或骨頭，只有一股類似焚燒草木時才會出現的獨特焦臭。

「不會吧啊啊啊啊啊！」

（就這樣掛掉了？真的就這樣掛掉了？有沒有搞錯！）

莫浩然看了看地上的伊蒂絲，又看了看手中的水晶劍，一時間不知該如何是好。

「——放心，她沒死。」

突然間，莫浩然腦裡響起了久違的聲音。

一聽見傑諾的聲音，莫浩然頓時有股熱淚盈眶的衝動。他從沒想過自己竟然會如此懷念這位毒舌大法師的聲音。安心感與放鬆感有如海浪般輪流襲來，繼之升起的，是強烈的不滿。

「你總算肯說話啦，混蛋！」

「唉，這不能怪我。誰知道這個地方刻了可以影響精神的紋陣？之前能跟你一直維持精神同調就已經很厲害啦，要是換成其他人，早就從此一睡不醒啦。」

「一、一睡不醒？」

莫浩然大吃一驚，還在外面的鬼面少女不就是這樣嗎？難道？

「啊，別擔心，紋陣關掉就沒事了，只是需要點時間才能恢復意識。雖然有些地方還是顯得太嫩了，但總體來說，這幾天你幹得還不錯。」

「靠，說得輕鬆。我有多辛苦你知道嗎？」

「知道啊，雖然沒辦法跟你說話，但精神同調沒有解除，我還是能知道你所看到、所聽到的東西。」

尼瑪，幸好沒有偷哭，或是說了什麼丟臉的話……莫浩然心想。

「你現在是不是在想『幸好沒有偷哭』之類的？」

（靠夭！你會讀心術嗎？）

莫浩然連忙轉移話題，將傑諾的注意力引到伊蒂絲身上。

「對、對了，她怎麼樣了？為什麼她一碰到劍就會變成這個樣子？」

「她嗎？不算沒事，也不算有事。」

「什麼意思？」

「你看她的傷口就知道了。」

莫浩然照著傑諾所言，仔細觀察伊蒂絲的傷口，赫然發現傷口正在吸引大氣中的元質粒子，傷口的焦黑部分正一點一點地脫落。更令他感到驚訝的是，焦黑部分脫落後，露出來的並非血肉，而是無數的白色纖維。明顯的，伊蒂茲擁有某種自我治癒的能力。

「這是……？」

「她不是人類，而是魔力傀儡。不過用尼米涅茲當素材的，我還是頭一次見到。」

「魔力傀儡？尼米涅茲？」

「魔力傀儡是魔導學的產物，它的發展歷史相當悠久，主要是用來進行大型土木工程。魔力傀儡通常沒有智能，需要靠人類來操控。至於尼米涅茲，則是一種魔力植物，有毒。」

「沒有智能……？」

莫浩然一臉懷疑地看著倒在地上的伊蒂絲。別說是智能，這傢伙甚至連雙重人格都有了。

「我也覺得很驚訝，沒想到歐蘭茲不僅能讓魔力傀儡小型化，連賦予靈魂的技術都掌握了。」

「這間藏寶庫的寶藏，該不會就是指她吧？」

「或許吧。這兩種技術一旦問世，這個世界會變得更亂。」

傑諾的語氣滿是感慨。

莫浩然不是傑洛人，不清楚「魔力傀儡小型化」與「靈魂賦予」這兩種技術所代表的意義，但傑諾知道，這兩種技術的消息一旦洩漏出去，足以引發國際戰爭。

「那這把劍呢？」

莫浩然揮了揮手中的水晶劍。

「那個啊？不良品。」

「不、不良品？」

莫浩然聞言不禁一呆。他沒想到傑諾對這把劍的評價竟然會這麼低，好歹也是放在藏寶庫正中央的東西，而且光看水晶劍被拔出前的那股威勢，就知道這玩意兒絕對不普通。這種東西怎麼可能是不良品？

「你仔細看看那把劍，上面是不是有許多裂縫？」

莫浩然「嗯」了一聲。水晶劍的劍身不只有裂縫，還有大量的元質粒子從裂縫中湧進湧出，形成一股奇妙的循環。在水晶劍被拔離劍座前，這股元質粒子循環甚至強大到足以形成魔力漩渦，但被拔出後，循環的力道便大幅減弱。

「這是禍式劍。」

「禍式劍？」

「所有會為持有者帶來災難的武器，都被稱為『禍式』。」

「災、災難——？」

「這把劍的劍身不是一直在吞吐大量的元質粒子嗎？一般的魔導武器根本辦不到這種事。一看就知道，這把劍的設計原理是把不穩定性變異元質粒子封入劍中，也就是將封魔水晶當成武器來使用。這種技術很久以前就有了，可惜從未有人成功過，顯然歐蘭茲也失敗了。你看，這把劍的外殼結構不完整，不僅無法封住裡面的不穩定性變異元質粒子，反而與外界的元質粒子不斷連動。別說是用來戰鬥了，一般的魔法師光是握劍就會被魔力灼傷，就像那個女的一樣。」

莫浩然望向地上的伊蒂絲，那幾乎快要將整個胸口切開的焦黑傷痕，就是所謂的魔力灼傷嗎？他想起了先前彈開伊蒂絲的那一幕，明明沒有用力，伊蒂絲卻像是被看不見的球棒轟飛似的。

「禍式武器本來就不是什麼好東西，這把禍式劍更是糟糕透頂，也只有你這種怪異體質才能輕鬆地握住它。看來歐蘭茲大概是打著廢物利用的主意，才會把它當作提供紋陣魔力的能源核心。」

「等等，你的意思是，這把劍只有我可以用？」

「理論上是這樣啦，不過我不建議。畢竟是不良品，說不定用著用著就出問題了，像是突然爆炸什麼的。」

「唔嗯……」

莫浩然看著手中的水晶劍，想要丟掉，但又覺得有點可惜。像這種「只有你可以用」的說法，很容易讓人產生一種自我膨脹的優越感。莫浩然畢竟只有十六歲，精神方面還沒有成熟到可以完全無視這種誘惑。

就在這時，伊蒂絲發出了痛苦的呻吟。不知何時，她胸口的傷痕已經完全復原了。

「嗚……嗚嗚……」

伊蒂絲想要站起來，但因為力氣不足，只能用手臂強撐起上半身。她瞪著莫浩然，神色激動，異色雙眸充滿了怒火。

「妳……歐蘭茲……大人……才不會……」

雖然伊蒂絲無法吐出完整的話語，但莫浩然知道她想講什麼。

「我能體會妳的心情，但我沒有騙妳。還有，剛才很抱歉，我不是故意的。」

「歐蘭茲大人……不可能……騙人……」

「如果妳這麼堅持的話，我也沒辦法。總之，我已經把我知道的事告訴妳了。」

就在莫浩然準備轉身離開時，伊蒂絲的表情突然由激動轉為平靜。

「——請等一下。」

莫浩然依言停下腳步，望向已經切換成另一個人格的伊蒂絲。

「我沒有不相信妳。」

莫浩然訝異地看著伊蒂絲，就在這時，她的表情再次轉為憤怒。

「妳、妳在胡說什麼呀？笨蛋！」

「但是，我也沒有完全相信她。」

「啊，什麼意思？一下相信一下不相信的，妳以為這樣子說話就可以讓自己看起來聰明一點嗎？不可能的啦，笨蛋！」

「不是這樣。只是，我們一直待在倉庫裡面，完全不知道外面發生了什麼事，所以有必要去確認。」

「有什麼好確認的？歐蘭茲大人怎麼可能會死！等歐蘭茲大人回來，我一定要告訴他，處死妳這個笨蛋！」

只見伊萊絲的表情不斷轉變，聲音也在昂揚與淡漠中來回切換。莫浩然沒有插嘴，一直在旁邊觀看，大概知道這兩個人格是怎樣的個性了，就跟伊蒂絲的異色雙眸一樣，激烈的紅，還有冷靜的藍。

「帶她去魔王的墳墓吧。」

突然，傑諾的聲音在腦中響起。

「魔王的墳墓？魔王也有墳墓？」

莫浩然嚇了一跳。這個世界對魔王也未免太好了吧？

「正確的說，是魔王戰死的地方。那裡就算經過了百年，仍然充滿魔王的怨氣，以至於無人敢居住。只要到了那裡，她也能明白吧。」

「為什麼要帶她去啊？有必要做到這個地步嗎？」

「因為順路嘛。再說，我也不放心把這傢伙留在這裡。畢竟是魔王製造的魔力傀儡，要是讓她隨便亂跑，幹出什麼禍害人類的事情，我也會良心不安的。」

「喲，你可真好心。」

莫浩然的聲音透露出濃厚的不信任，他懷疑傑諾另有企圖。

「哪裡，這是人格優秀的證明。」

「聽你放屁！光用嘴巴講當然輕鬆，要帶她去的人可是我耶，要是中途遇到什麼麻煩，要處理的人也是我。主線都不知道要多久才能走完了，別給我隨便亂開支線。」

「主線？支線？什麼意思？」

「就是別多管閒事的意思。」

「小氣。」

「要你管。」

拒絕傑諾後，莫浩然發現伊蒂絲正訝異地看著自己。

「妳……」

伊蒂絲的臉色發青，聲音有些顫抖。莫浩然第一次看到她露出這種畏懼的表情，認不出是哪個人格。

「……難道、是變態？」

「誰是變態啊！」

莫浩然用盡全力地否認了。自從來到異世界，靈魂被迫塞進這具偷工減料的身體裡後，他對這類的單字特別敏感。

「書上說，沒事會自己跟自己說話的人，通常以變態居多。」

「把那本傳達錯誤知識的書給我燒掉！而且妳也沒資格說別人，妳自己就一直在跟自己說話！」

「我不是跟自己說話，是跟另一個我說話。」

這時，伊蒂絲的表情又變了，雖然面上仍帶有驚恐之情，但減輕了許多，顯然人格又切換了。

「因為她不想跟變態平胸女講話，所以換我出來。」

「誰是變態平胸女？我是男的！」

冷靜版的伊蒂絲聞言微微睜大了雙眼，她仔細打量了莫浩然一會兒——尤其是喉嚨與胯下，然後一臉佩服地點點頭。

「厲害……身為男性，看起來卻不像男性，而且又取了女性的名字……不管從哪個角度來解釋，都跟變態脫不了關係。真了不起，不愧是真貨。」

「真貨是什麼意思啊！」

雖然伊蒂絲的眼神滿是欽佩，但莫浩然一點都不覺得高興。

「我剛剛聽到了，你說歐蘭茲大人有墳墓？帶我去看。」

「自己去，我告訴妳位置。」

「不行，必須跟你一起去。」

「為什麼？」

莫浩然對於伊蒂絲的堅持感到不解，她有什麼理由非要跟著自己不可？

「要是發現你說謊，我才能在第一時間展開報復。」

「給我自己去！」

莫浩然勃然大怒。

「放心，不會讓你做白工的，我會支付報酬。」

「報酬？」

「因為我沒有錢，所以用身體當報酬。」

伊蒂絲一邊用雙手撫上自己的胸口，一邊說出驚悚的臺詞。莫浩然不禁倒吸一口氣，這種發展是怎樣？

「我可以幫忙扛行李。」

伊蒂絲一臉認真地說著。

莫浩然聞言鬆了一口氣，同時心中升起一股淡淡的失落感。

「免了，我不需要。」

「這樣啊，那我就不客氣了。」

「不客氣什麼啊！又不是要免費帶妳去！」

「咦？所以還是要我的身體？」

「誰要妳的身體了？不要隨便亂用會讓人誤會的說法！」

「意思是……光要我的身體還不夠嗎？」

「我……妳……啊啊——算了算了！帶妳去就帶妳去吧，別再繼續鬼扯什麼妳的身體了！」

莫浩然總算舉手投降，跟腦袋有問題的傢伙講話實在太累了。

「怎麼這麼快就改變主意了？」傑諾問道。

「囉嗦。」莫浩然沒好氣地答道。

伊蒂絲的請求勾起了莫浩然的回憶，使他放棄了原先的堅持。

當初在黑道夜總會打工的時候，莫浩然看過與聽過太多類似的事件，那些出賣身體的女孩子，最後的下場大多不怎麼好。不管那些人是自作自受或迫於無奈，每次一遇見這種事，莫浩然總會覺得心情沉重。

「反正就這樣了，我們回去吧……啊，她還在外面。」

莫浩然口中的「她」，指的就是鬼面少女。既然傑諾已經可以說話，鬼面少女應該也已經醒來了。

莫浩然走到外面的房間，卻發現鬼面少女仍然沉睡不醒。

「喂，醒醒。」

莫浩然搖了搖鬼面少女的肩膀，毫無反應。

「傑諾，怎麼回事？」

「……不太妙啊，這個。」

傑諾的聲音變得嚴肅，莫浩然心跳頓時停了一拍。每次傑諾一用這種口氣說話，就絕對不會有好事。

「不太妙?什麼意思?」

「字面上的意思。她的精神波長很混亂,看來受紋陣的影響很深。」

「紋陣?讓人昏睡的紋陣嗎?」

「不,昏睡只是附帶的產物。你應該也察覺到了吧,這個地方刻了不少紋陣,而且水準很高。」

莫浩然點了點頭。

「這裡的紋陣至少有三種,『堅如磐石』、『魔力隔絕』、『精神干涉』。『堅如磐石』是用來強化結構,『魔力隔絕』是為了防止有人用明鏡之型窺視探測,這兩種都只能算是被動式防禦,唯有『精神干涉』才是用來攻擊入侵者的。這種紋陣能夠擾亂精神波長,輕則讓人陷入幻覺,重則致死。」

「……那我怎麼沒事?」

「大概跟你的異常體質有關吧。」

「那她呢?」

莫浩然指了指站在房間門口的伊蒂絲。

「誰知道?或許魔王在她身上做了什麼特殊處理吧。」

傑諾的回答帶著一股敷衍的味道。

「既然是受到紋陣的影響，把她帶離這裡就可以了？」

「恐怕還不夠。要是一開始就這麼做，她最多只是昏睡一段時間，但她待在這裡太久了，精神被侵蝕得很嚴重。最壞的情況……是永遠醒不過來。」

「什麼！」

莫浩然嚇了一跳，想不到事情會變得這麼嚴重。

「怎麼會這樣……對了，你不是大法師嗎？一定有辦法把她叫醒吧？」

「先離開再說吧。紋陣雖然關掉，但仍有少量魔力殘留，在這裡不適合叫醒她。」

「嗯。」

莫浩然手指一勾，用魔力平臺將鬼面少女抬了起來。就在他準備邁步時，一股強烈的暈眩感毫無預兆地襲來。

「唔……！」

莫浩然雙腿一跪，然後趴倒在地。

在意識即將陷入黑暗的瞬間，莫浩然腦中浮起一個名詞：靈魂安眠。

不知過了多久，莫浩然的意識脫離了沉睡的水面。

睜開仍嫌沉重的眼皮，映入眼中的是一片無止境的黑暗，以及兩顆在黑暗中閃閃發亮的星辰。星辰的顏色是耀眼的紅，以及深沉的藍。

那兩顆美麗的異色星辰是如此的近，彷彿只要一伸手就能摸得到它們。才剛睡醒的莫浩然舉起右手，想要觸摸那兩顆星辰，卻在星辰即將入手的那一刻，遇到了看不見的阻礙。

有什麼東西在黑暗中擋住了手掌，讓手掌無法再向前一寸，手指下意識地向內一縮，指尖傳來異常柔軟的觸感。

黑暗迅速消退。

意識逐漸清醒，靈魂感受到元質粒子的存在，視野開始充斥光芒。於是莫浩然看到了這樣的景象——自己的手掌正抓著伊蒂絲的胸部。

「嗚哇啊啊啊啊啊！」

莫浩然一邊發出慘叫，一邊從地上跳了起來。這時他才發現，自己剛才竟然躺在伊蒂絲的大腿上。

「妳、妳妳、妳妳妳……」

因為精神上受到太大的衝擊，莫浩然的語言能力暫時退化了。

「幹嘛突然叫這麼大聲啊？」

伊蒂絲壓住耳朵，一臉受不了的樣子。相較於莫浩然，她的反應顯得格外冷靜。

「咦？啊，不，那個……」

或許是被那份冷靜所感染，莫浩然的情緒震盪幅度迅速下降到正常值，重新取回了語言能力。

「抱、抱歉，剛才那個，我不是故意的。」

「剛才那個？」

「咦？就是，呃，剛才的……不小心摸到的……」

莫浩然雖然努力想要為自己剛才的性騷擾行為做出辯解，但伊蒂絲的反應卻是令他感到大惑不解。既不像生氣，也不像害羞，硬要形容的話，反而像是疑惑，彷彿不曉得莫浩然為何要向她道歉似的。

「我說啊，這種青春愛情喜劇的橋段你想演到什麼時候？身為旁觀者，我實在是看不下去啦。」

這時傑諾出聲，將莫浩然的注意力拉回來。

「吵死了，誰在演愛情喜劇啊！」

「沒有嗎？唔，那大概是我誤會了。也對，把別人的大腿當枕頭，一躺就是五個小時，躺的人還無所謂，對被躺的人來說，簡直就是酷刑。與其說是青春愛情喜劇，還不如說是鬼畜凌虐實況紀錄片。」

「五個小時……？」

經傑諾這麼一提醒，莫浩然先是嚇一大跳，接著對伊蒂絲感到不好意思。

「呃……那個，謝謝，還有，對不起，在妳腿上躺了那麼久……」

莫浩然向伊蒂絲表達謝意與歉意，但隨即他又覺得這番話似乎聽起來怪怪的，總覺得哪裡不太對勁。說起來，自己明明是趴倒在地的，為什麼醒來時卻會躺在伊蒂絲的大腿上呢？

「不用客氣，書上說這麼做可以讓人迅速恢復疲勞，對男性更是效果絕佳。機會難得，所以我就試試看了。你恢復疲勞了嗎？」

「咦？啊，嗯、嗯嗯，恢復了……」

伊蒂絲像是看透了莫浩然的疑問，解釋了自己這麼做的原因。莫浩然一時間不知道該怎麼回答，只好語焉不詳的點點頭，同時腦中浮現另一個疑問：究竟是哪種書會寫出這麼無聊的知識？

「以後還需要躺的話，可以隨時跟我說。這也算是報酬的一部分。」

「……用身體支付報酬，原來是這個意思嗎？」

「還可以幫你挖耳朵，或是說話時在語尾加『喵』。」

「這是什麼服務！妳是哪裡來的女僕店員啊？」

簡直像是只在秋葉原女僕咖啡店才會出現的特別菜單。

靈魂安眠之後，莫浩然的身體狀況好了一些，於是他用魔力平臺托住鬼面少女，與伊蒂絲一起進入中央房間。

「你想帶走那把劍？」

見到莫浩然撿起地上的水晶劍，傑諾訝異地問道。

「嗯？啊，想說既然都來了，不拿走點什麼好像很可惜。」

「禍式劍不是什麼好東西哦，我勸你還是打消這個念頭。」

「沒關係吧？反正它又傷不到我。」

「……算了，等你嘗到苦頭就知道了。」

傑諾不再勸說。莫浩然雖然有些擔心，但想了想，若禍式劍對自己真的大有危害，傑諾應該會反對得更加激烈，由此看來，這把劍應該還不至於帶來太大的困擾。

來到高臺後，莫浩然就像當初進來時一樣，讓伊蒂絲抓住自己的衣服，自己則是牽住鬼面少女的手，然後往圓型平臺注入魔力。

世界頓時一黑。

四周的景色瞬間切換，由寬廣的房間變成了凹凸不平的岩壁。莫浩然轉頭看了一圈，差點忍不住罵髒話。這裡還是原來的那個山洞，魔王藏寶庫竟然只有一個出入口。

「這就是外面的世界？好小……」

伊蒂絲微微皺眉，聲音充滿失望。

「不對不對，妳搞錯了。」

莫浩然簡單解釋了一下，伊蒂絲聽完後，指了指洞口。洞口有亮光，代表外面現在是白天。

「你的意思是，走出去就可以了？」

「嗯，不過先等一下……靠夭牠還在！」

莫浩然走近洞口一看，終於忍不住罵出髒話。洞口的透明蛛絲還在，洞外的變異戰蛛獸仍舊趴在那邊，一切看起來毫無變化，跟他被壁畫轉移走的時候完全一樣。

「那是什麼？」

看到趴在洞外的變異戰蛛獸，伊蒂絲睜大了雙眼，她的眼神跟莫浩然當初來到異世界的時候很像，好奇與不安同在，驚訝與困惑並存。

「好像叫變異戰蛛獸什麼的，妳沒看過嗎？」

「沒有。」

「那傢伙很厲害。有牠擋在外面，我們出不去。妳有辦法對付牠嗎？」

「……不知道。體型那麼大，我不確定鎖縛之型是否對牠有效。」

「其他魔法呢？」

「其他魔法？我只會鎖縛之型而已。」

「……啥？」

莫浩然瞪大雙眼看著伊蒂絲，以為自己聽錯了。伊蒂絲則是一臉坦然地看著莫浩然，彷彿這是理所當然的事情。

「妳只會鎖縛之型？」

伊蒂絲點點頭。

「其他魔法一個也不會？」

伊蒂絲繼續點頭。

莫浩然左手扶額，他覺得頭有點痛。這傢伙不是魔王藏寶庫的看守者嗎？怎麼會廢到這種地步？

「……喂，傑諾，這下怎麼辦？」

莫浩然只好向頭上的大法師求助。

「你問的方式不對，笨蛋。」

「咦？」

「想要衡量一位魔法師的能力，不是看對方會多少魔法，而是看對方的魔力領域與操魔技術。你叫她用全力張開領域看看。」

「啊，對哦。」

莫浩然恍然大悟，於是他要伊蒂絲用全力使出鎖縛之型綁住自己。聽完莫浩然的要求，伊蒂絲什麼話也沒說，只是用怪異的目光打量他。

「怎、怎麼了？那是什麼眼神？」

「……不。只是覺得，你比書上說的更厲害。」

「啊？」

「都這種時候了，竟然還要人綁住自己，不愧是真正的變態……」

「給我等等！妳的厲害究竟是指什麼啊！」

「我要綁了。」

不等莫浩然辯解，伊蒂絲便張開了自己的魔力領域。剎那間，四周的元質粒子開始湧動，催生出大量魔力。伊蒂絲伸出右手朝莫浩然一指，鎖縛之型立時發動。

當然，莫浩然什麼也感覺不到，他動了動手腳，確定自己沒有受到魔法的影響。

伊蒂絲先是看了看自己的手指，然後再看了看莫浩然，接著她撿起地上的石頭，往頭上輕輕一拋。只見伊蒂絲手指一點，石頭立刻凝固在半空中，彷彿有人用膠水把它牢牢黏在空氣中一樣。

伊蒂絲一臉疑惑地看著莫浩然，顯然在奇怪為何鎖縛之型對他無效。莫浩然沒有理她，只是忙著向傑諾確認情況。

「怎麼樣？」

「……真是驚人，領域半徑超過三百公尺。」

莫浩然倒吸一口氣，同樣被這個數字嚇了一跳。

魔力領域的大小，決定了魔法師的地位。待在茲納魯提城時，莫浩然曾聽傑諾說過雷莫的授爵標準，魔力領域一旦達到半徑三百公尺的標準，便能成為侯爵。換言之，伊蒂絲至少是侯爵級魔法師——雖然只會一種魔法。

「有這種程度，要困住變異戰蛛獸應該沒問題。不過……」

「不過什麼？」

「只是困住沒有用。變異戰蛛獸是很固執的怪物，一旦離開超過魔力領域的影響範圍，牠就能掙脫鎖縛之型，然後繼續追上來。最好的辦法，是趁魔力傀儡綁住牠的時候，趁機把牠解決掉。」

「怎麼解決？那傢伙的殼不是普通的硬。」

在逃進這個山洞前，莫浩然也曾試過用魔法攻擊變異戰蛛獸，結果慘不忍睹。莫浩然的穿弓之型別說是傷到對方了，就連外皮都沒有留下擦痕。

「唔，看來只能借用強化人造兵的力量了。」

「……沒有別的辦法了嗎？」

莫浩然不太想借用鬼面少女的力量。

「怎麼了？覺得依靠他人，有損自尊？」

「不是，只是覺得……能自己做到的事情，就盡量靠自己。」

傑諾沉默不語，像是在判斷這句話究竟是真心誠意，抑或是臨時想出的藉口。就在莫浩然逐漸覺得不耐煩時，傑諾開口了。

「……原本我是很想說沒有，但我這個人一向不喜歡說謊。」

「你想到了？」

「看看你的右手吧。」

莫浩然依言看向自己的右手——

禍式劍。

※◆※◆※◆※

加洛依城防衛軍第一大隊第三中隊的成員總共有九十四人，他們驍勇善戰，掃蕩怪物的戰績長年來總是名列前茅，因此在加洛依城頗有名氣，堪稱精銳。然而這群精銳如今卻個個無精打采，滿臉憔悴地坐在荒野之上。

他們已經被困在這裡四天了。

在變異戰蛛獸突襲營地時，幸虧蓋爾當機立斷，他們才得以在沒有減員的狀態下逃出營地。無人傷亡雖是好事，但他們接下來面對了嚴峻的抉擇：要撤回加洛依城，還是繼續待在這裡等待救援？

選擇前者，他們需要穿過一百公里以上的無人地帶才能抵達加洛依城，途中怪物遍布。當然，對於勇敢的第三中隊而言，這點困難不算什麼，只要抱著全滅的覺悟就行了。畢竟他們的補給全都留在營地裡了，包括最重要的飲用水、糧食、藥品與避獸香。

選擇後者，其他怪物會懾於變異戰蛛獸的氣息，不敢隨便靠近這裡。他們還可以在營地外圍悄悄收集零星的水與糧食，省吃儉用的話，勉強能撐過一段時間。但天知道那頭變異戰蛛獸會不會突然發飆，把他們當成點心吃掉？

面對這個困難的選擇題，蓋爾思考了整整一天，最後決定留下來。他將希望放在定期送來補給品的運輸隊身上。

「我們現在就往回走，不是可以更早遇到運輸隊嗎？要是待在這裡什麼都不做，就算得救了，事後也會被懲處吧？」

聽完蓋爾的理由後，加洛克疑惑地問道。

「你這白痴，如果那麼做的話，我們在遇到運輸隊前就會死一堆人啦。」

蓋爾希望盡可能地將第三中隊完整帶回去，就算事後會被處罰他也認了。蓋爾沒有對其他人說明理由，打算獨自扛下這份責任，但加洛克偷偷將消息散播出去，第三中隊的隊員們知道這件事之後，個個感動不已，發誓要與隊長共進退。也因為如此，第三中隊才能在這種近乎絕望的情況下仍舊保持團結，沒有暴動或逃兵。

這一天，蓋爾像往常一樣坐在岩石上，遠遠盯著躺在地上的變異戰蛛獸，不知在想些什麼。

「隊長，敢死隊回來了。」

加洛克走到蓋爾背後出聲報告。在野外餐風露宿了三天，此時的加洛克滿臉鬍碴，原本就有些削瘦的體格變得更加削瘦。

「嗯，老樣子，待會兒吃飯，敢死隊的人多拿一點。」

所謂的敢死隊，其實就是食物收集隊，他們的任務就是將散落在營地外圍的水與糧食帶回來。這是非常危險的工作，要是變異戰蛛獸心情一個不爽，收集食物的隊員必死無疑。

加洛克遲疑了一會兒，然後低聲提議。

「隊長……能收集到的食物已經越來越少了，還是平均分配……」

「不行。」

「可是……」

「下次我來帶隊，只要稍微深入一點，應該可以找到一點東西。」

加洛克嘆了一口氣，然後在蓋爾旁邊坐了下來。稍微深入一點？誰知道那頭變異戰蛛獸的警戒距離是多少，萬一引起對方注意，那一隊的人就永遠回不來了。

「我也陪你一起去。」

加洛克用沙啞的聲音說著，每天分配到的水很有限，他總是覺得喉嚨很乾。

「你留下。要是我回不來，剩下的事就拜託你了。」

「隊長——」

「我一直在想，所謂的『巧合』究竟代表什麼意思。」

就在加洛克想著該如何勸慰對方時，蓋爾突然轉移了話題。

「隊長？」

「巧合啊……我他媽的以前一直覺得它跟路上撿到錢差不多。不過這幾天，我突然想通了。要撿到錢，就要有掉錢的人，也要有看到錢卻不想撿的人，更要有沒看到錢掉在路上的人，這樣那些錢才輪得到我去撿。在我看來是巧合，但從更高的角度來看，或許是一次精密策劃的事件。」

蓋爾轉頭看向加洛克，他的神色憔悴，但雙眼依舊炯炯有神。

「應該要跟我們交接的人一直沒來，現在又突然冒出一頭不該出現在這裡的七級怪物，你不覺得太巧了嗎？加洛克。」

加洛克沉默地看著蓋爾，過了數秒，他搖搖頭。

「有可能。但也只是有可能而已，畢竟沒有證據。」

「我知道。」

蓋爾將頭轉了回去，繼續眺望那頭該死的變異戰蛛獸。

「或許我們只是上面的人在策劃某個陰謀時，準備要犧牲掉的東西……一想到這裡，老子就一肚子火。所以，老子一定要把你們帶回去，朝那些以為我們死定了的混蛋臉上狠狠搧一巴掌。」

「……我們一定可以回去，隊長。」

「嗯。」

兩人沒有再說話，只是默默地注視著那頭占據了營地的黑色怪物。

下一秒鐘，兩人猛然站起。幾乎就在同一時間，後面的隊員們也紛紛從地上跳起來，有不少人甚至拔出了劍。

變異戰蛛獸有動作了！

就在第三中隊的注視下，原本一直趴著不動的變異戰蛛獸突然開始暴動。節肢狀的巨腿不斷來回擺動，不時發出憤怒的咆哮。轟隆轟隆的巨響宛如雷霆，每一聲都讓眾人膽顫心驚。距離太遠，他們根本看不到前面發生了什麼事。

就在蓋爾心想要不要冒險跑去看看的時候，不可思議的一幕映入了他的眼簾。

一道閃光驟然炸裂。

然後——變異戰蛛獸的其中一條腿斷掉了。

「這……！」

蓋爾當場呆住，其他隊員也是同樣的反應。

變異戰蛛獸的腿斷了？怎麼斷的？那道閃光是怎麼回事？被閃光打斷的？閃光是哪來的？難道有人在跟牠戰鬥？開什麼玩笑，那可是七級怪物啊！

無數的疑惑與驚訝在眾人腦中來回盤旋，最後形成了一股恐慌的氣氛。

「我去看看情況！加洛克，你看住他們！」

蓋爾最先回過神來，他一邊發號施令，一邊頭也不回地衝向營地。

「我跟隊長去看看情況！你們在這裡待命！」

加洛克隨即跟上，他一邊發號施令，一邊頭也不回地衝向營地。

第三中隊的隊員們面面相覷，最後無奈地留在原地。

蓋爾與加洛克使用瞬空之型，很快就抵達營地外圍。接著，兩人見到了一幅令他們終生難忘的畫面。

一名白髮少女正在跟變異戰蛛獸戰鬥。

白髮少女手持發光的長劍，在變異戰蛛獸的巨腿踐踏中流利地閃躲。變異戰蛛獸低頭噴出晶瑩透明的絲線，但絲線卻像是被無形的屏障擋住般，沒辦法沾上白髮少女的身體。就在這時，變異戰蛛獸四周的元質粒子開始蠢動，這是準備發動魔法的前兆。

就在變異戰蛛獸凝聚魔力的那一瞬間，一股更大的魔力從天而降，變異戰蛛獸的身體頓時一滯。這時白髮少女衝入變異戰蛛獸底下，朝著腹部一劍斬出。閃光炸裂，變異戰蛛獸發出哀號，牠的腹部被斬破，大量的藍綠色體液與臟器組織從傷口傾瀉而下，宛如瀑布。

「這……！」

「我在作夢嗎……？」

蓋爾與加洛克眼神呆滯地看著這場戰鬥。變異戰蛛獸因負傷而情緒高漲，靈威也跟著膨脹，兩人被變異戰蛛獸的靈威所束縛，失去了行動的自由，只能待在原地見證這場戰鬥。

同一時間，另外還有一群人也在觀察這場戰鬥。

亞爾奈的特殊隱密機動部隊「影伏」此時正藏身於隔壁的半山腰，他們所處的位置能將戰場一覽無遺，因此能夠看見更多東西。

這場聲勢浩大的戰鬥很快就結束了。

最後的勝利者是白髮少女。

白髮少女殺死變異戰蛛獸之後，便重新回到了山洞。這個時候，影伏們總算能夠大口呼吸，他們也同樣受到靈威的壓制，直到變異戰蛛獸死亡，才得以脫離靈威的囚牢。

「……說說看，你們剛才看到了什麼。」

過了好一會兒，影伏首領出聲詢問部下。

「表面上看起來似乎是一面倒，可是有些地方不太對勁。」

「那個少女的瞬空之型用得很熟練，但是好像沒有練過劍術。揮劍的手法完全是外行人。」

「那種爆炸式的閃光以前從沒見過，可能是新魔法，威力很強。」

「變異戰蛛獸的行動很不自然，有好幾次突然僵在原地不動，應該是被鎖縛之型或律令之型攻擊了。嗯，魅惑之型也有可能。」

影伏首領緩緩看了眾人一眼，他對部下們的反應很滿意。他們沒有被表象蒙蔽，看見了更為深層的事物。

「那麼，我只有一個問題——那名少女是誰？」

亞爾奈與雷莫長年敵對，因此對於對方有哪些高階戰力，自然必須打聽清楚。能夠獨自擊敗變異戰蛛獸，白髮少女至少是侯爵級魔法師，但影伏所掌握的資料裡面卻沒有這個人。

「雷莫出了一個侯爵級魔法師，我們卻不知道，這是諜報部的重大疏失。」

影伏首領不論是表情或聲音都極為嚴肅。

一旦爆發國家規模的戰爭，身為最強魔法師的君王不能隨便行動，公爵級魔法師則是必須坐鎮一方，因此能夠自由調動的最高戰力便剩下侯爵級魔法師。說得誇張一點，侯爵級魔法師的數量，足以左右一個國家的軍事實力。雷莫多了一個侯爵級魔法師，身為長年宿敵的亞爾奈怎能不緊張？

「……隊長，我想我知道她是誰。」

就在這時，其中一名影伏突然開口，只是他的語氣聽起來不是很確定。

「說！」

「我記得前陣子，雷莫的一級通緝犯名單上突然多了一個人。根據形容，似乎就是那名少女。」

影伏首領愣了一下，懷疑自己聽錯了。

侯爵級的一級通緝犯？開什麼玩笑，那可是侯爵級魔法師啊！光拉攏都來不及了，誰會蠢到通緝這種人？那名影伏顯然也明白這些事，語氣才會那麼奇怪。

如果說真有什麼理由，足以使雷莫政府通緝一個侯爵級魔法師的話，恐怕也只有叛亂之類的重罪了……等等，叛亂？

影伏首領猛然抬頭，想起了那個微乎其微的可能性。其他影伏成員似乎也想到了這件事，紛紛望向影伏首領。

「我們必須立刻回去，向上面報告這件事。」

探險日 03

叛逆的英雄

傑洛的人類自囚於名為城市的牢籠，藉此爭取生存的可能性。

在這個怪物橫行的世界，城市是人類唯一的屏障與後盾。人類的繁衍力比不上怪物誕生的數量與速度，魔力無所不在，同時也支配一切，魔力侵蝕就跟日升月落一樣，屬於不可違逆的自然現象。

包含雷莫在內，傑洛的四個人類國度都採用類似地球中古時代的封建制度。每一座城市都是某一個貴族的分封領地，該貴族如果無力保護城市不受怪物侵害，城市就會被收回，分封給其他有能力保護城市的貴族。

當然，貴族的數量絕對遠遠超過城市的數量，因此能夠獲得城市作為封地的貴族，幾乎都是子爵級以上的魔法師。至於那些沒有城市領地的貴族，則被稱為「無城者」。

貴族的階級越高，可分封的城市也就越多。以現任的雷莫國王莎碧娜為例，她手中總共有七座直屬城市，其中包括了雷莫首都巴爾汀。

大貴族事務繁忙，很難有時間處理受封城市的政務，因此他們通常會將受封城市交由親屬代為管理，或是委託給無城者。為了便於區分，城市的實質統治者通常被稱為「城主」，而管理者則被稱為「市長」。

為了避免分封出去的領土遭到割據，下位貴族每隔數年就會被召入上位貴族的都市裡輪值；同樣的，上位貴族每隔幾年就會被召入首都輪值，這種制度叫做「參謁」。不肯參謁的貴族，會被認為有謀反之意。

加洛依城的城主是一位侯爵，名叫馬卡斯．凱梅列克，他的領地有兩座城市，加洛依城規模較小，因此他平時多待在另一座城。至於加洛依城的日常政務，則交給自己的弟弟洛罕．凱梅列克。

傑洛與地球不同，在稱呼一個人的時候，通常只會叫出對方的姓氏，只有家人之間才會稱呼彼此的名字。

之所以會有這樣的習慣，是因為「姓名」本身具有非常特殊的意義，它不僅僅是用來稱呼一個人而已，更是所有束縛的起源。就算是最親密的好朋友，直接稱呼對方的名字也是一件非常失禮的事，除非你有意與對方共組家庭。

以凱梅列克一家為例，若是他們一家三代共同出席某個宴會，那麼外人會稱呼最年長的那位男性為「老凱梅列克」或「凱梅列克爺爺」，稱父親為「凱梅列克先生」，稱長子為「大凱梅列克」，稱次子為「小凱梅列克」。再不然，就是依照爵位來稱呼他們，像是「凱梅列克侯爵」。

這種稱呼方式在地球人看來繁瑣又麻煩，但若是從傑洛人的角度，地球人那種動不動就直呼名字的方式又何嘗不是失禮至極？這就是所謂的文化差異。

洛罕．凱梅列克與他哥哥不同，位階僅是子爵。凡是認識凱梅列克子爵的人，對他的評語大多是「能力平庸」、「沒有作為」或「缺乏魄力」之流。他上班不一定準時，但必定準時下班，每當時鐘指向下午五點，他就會離開市長辦公室，連一秒都不肯多待，六年多來始終如此。

唯獨在落春之月二十一日的這一天，凱梅列克子爵沒有準時在五點離開辦公室。因為在快要下班的時候，他收到了一份報告。

「叫防衛軍第一大隊第三中隊隊長艾瑞．蓋爾過來見我，馬上！」

凱梅列克子爵看完報告，立刻下令召見蓋爾。

市長秘書對此感到無比驚異，他跟在凱梅列克子爵身邊這麼久了，還是頭一次看到他留下來加班。

軍隊不受市長管轄，如果凱梅列克子爵想召見蓋爾，必須先向軍隊遞交公文，光是文書往來恐怕就要花上兩、三天。

不過事情總有變通的辦法，市長秘書向軍方打了招呼，讓蓋爾直接以私人身分前來，如此一來，這次召見將不被列入官方記錄。饒是如此，等到蓋爾抵達市長辦公室時，也已經是四十分鐘後的事了。

「加洛依城防衛軍第一大隊第三中隊隊長艾瑞・蓋爾向您致意，長官。」

進入市長辦公室後，蓋爾向凱梅列克子爵做了例行性的敬禮。

「聽說你兩個月前，帶領第三中隊去沉船山丘執行一項特別任務？」

「是的，長官。」

「是什麼任務？」

蓋爾遲疑了一下。市政與軍方是兩個不同的體系，凱梅列克子爵的問題明顯越權了，何況是「確保魔王寶藏的所在地」這種敏感的任務。

「在下過幾天會向上級遞交正式報告，您到時候可以調閱，長官。」

蓋爾才剛說完，頓時感受到一股強烈的壓迫感。那股無形的力量來得極為突然，蓋爾的身體立刻不聽使喚，當場跪倒。

那股壓迫感的真面目是靈威——凱梅列克子爵的靈威。

「少敷衍我，艾瑞・蓋爾。」

凱梅列克子爵冷酷地看著蓋爾，眼神就像是在看一個死人。

「沒人教過你面對比自己高位的魔法師，該怎麼得體的說話嗎？」

「對、對不起……長官……」

蓋爾渾身顫抖，冷汗直流，好不容易才從喉嚨擠出這句話。他只是一個小小勛爵，根本無法對抗子爵級魔法師的靈威。

「給我說，不准有半點隱瞞。」

「是……！」

在凱梅列克子爵的脅迫下，蓋爾只能將任務內容與執行情況一五一十地說了出來。他無法隱瞞，因為凱梅列克子爵的靈威擾亂了他的思維與判斷力，使他只能陳述真實的資訊。

靈威壓制就是這麼霸道與可怕，魔法師之所以能夠站在社會階層的最頂點，最大的依仗不是魔法，而是靈威。

蓋爾見證白髮少女擊敗變異戰蛛獸，已是三天前的事。

那場戰鬥結束後，白髮少女便回到了洞穴裡面。加洛克很快就認出那名白髮少女有可能是最近崛起的一級通緝犯桃樂絲，於是兩人連忙逃回臨時據點，命令眾人立刻朝加洛依城撤退。

這是因為變異戰蛛獸先前一直沒有理會第三中隊，所以他們這些人才能勉強撐到現在，現在變異戰蛛獸死了，換成了一個更加可怕的桃樂絲，稍微有點腦袋的都知道此地不可久留。

第三中隊的運氣似乎終於爬出谷底，他們走了一天，不但沒有撞見怪物，還遇到了正要前往營地的運輸隊。就在今天早上，他們總算回到了加洛依城。

聽完事情的經過後，凱梅列克子爵皺緊眉頭，陷入沉思。不知是有意還是無意，凱梅列克子爵在沉思時，仍然沒有解除對蓋爾的靈威壓制，因此蓋爾只能一直屈辱地跪在地上。

「……原來如此，我知道了。」

終於，凱梅列克子爵收斂了靈威。蓋爾沒有立刻站起來，以免觸怒凱梅列克子爵，此時的他渾身是汗，就像剛從水裡被人撈出來一樣。

「你先前執行的特別任務，涉及到一起非常嚴重的貪汙案件，所以我才會找你過來問話。因為這起案件牽扯到不少大人物，所以回去之後不准亂說話，否則你很快就會從軍隊除役。」

「是、是的。」

蓋爾當然知道「從軍隊除役」這句話代表了什麼。貴族身懷魔力，負有不可逃避的戰鬥義務，因此每位貴族都擁有軍籍，無論位階，沒有例外，就連國王莎碧娜也是如此。軍隊除役的條件只有兩個，一是成為死人，二是變成凡人，不管哪一個都很糟糕。

將蓋爾趕出去後，凱梅列克子爵看了一下時鐘，六點十三分。他伸手拿起桌上的傳音機——魔導科技的產物，功能類似地球的電話——聯絡了某人之後，便離開了市長辦公室。

凱梅列克子爵走出市政廳，負責接駁他上下班的獸車已經敞開車門等著他。他一邊坐上獸車，一邊向車夫說了一個地址。車夫揮動鞭子，兩匹威風凜凜的騎獸立刻擺動駿足，拖著沉重的車廂快步小跑。十五分鐘後，凱梅列克子爵在內城區的一家高級餐廳門口下車。

凱梅列克子爵要了一間包廂，並吩咐侍者等會兒他還有同伴要來，等人到齊了再點菜，在那之前不要來打擾他。

凱梅列克子爵獨自坐在包廂裡面，他閉目沉思，雙手合十交錯，表情平靜。

「晨曦初升，銀霧退散。」

突然，包廂裡面傳來了沉重的聲音。

凱梅列克子爵猛然睜開雙眼。除了他以外，包廂裡面沒有其他人。

「銀霧破滅，晨曦永在。」

凱梅列克子爵吐出一口長氣，接著回答暗語。

「有事嗎？你應該知道，我們不能隨便聯絡。」

那道聲音隱含斥責之意。凱梅列克子爵的背後瞬間升過一股寒意，對方放出了靈威。靈威不強，但作為警告已經足夠。

「魔王寶藏那邊出事了。」

「嗯——？」

那道聲音頓時變得嚴肅。

凱梅列克子爵將他剛才聽到的消息毫無保留地說了出來。他沒有摻入自己的意見，那種作法只會使得資訊遭到扭曲，因此他只是照實將蓋爾的口述內容重複一遍。

「這件事最快明天就會傳到克維拉耳中，我做的事很快就會被查出來。」

最後，凱梅列克子爵用這句話作為結尾。

克維拉是加洛依城防衛軍的軍團長，與凱梅列克子爵一樣同為子爵級魔法師。根據雷莫的傳統，城主屬於當地勢力，防衛軍則是由中央政府所派駐的，由於兩方體系不同，互看不順眼是常有的事。為求平衡，城主與軍團長的爵位經常相當。但也會有例外，例如首都，城主是王級魔法師莎碧娜，防衛軍團長只有侯爵級。

在發現疑似魔王寶藏的洞穴後，克維拉先是派出第三中隊確保該處，接著請首都派遣專家前來調查，凱梅列克子爵便是從這點下手。

雖然防衛軍統歸中央，但也無法完全杜絕城主勢力的滲入，收買高階軍官並不簡單，但收買低階軍官倒是很容易。加洛依城防衛軍的低階軍官裡面，有四分之一是凱梅列克子爵的人。

凱梅列克子爵派人偽裝專家，向克維拉遞交了假報告，聲稱這處洞穴是魔王寶藏的可能性很低。如此一來，克維拉對魔王寶藏的注意力就會降低，接著他派人在調動程序上動手腳，把第三中隊留在洞穴那邊。

這是因為凱梅列克子爵沒有可以確保洞穴的人手，必須藉助防衛軍的力量，而知道洞穴存在的人越少越好，可憐的第三中隊就這樣變成了犧牲品。

「桃樂絲嗎？真沒想到，竟然會被這個女的破壞計畫。不過，她是從哪知道魔王寶藏的事？」

聽完事情的經過後，那道聲音聽起來倒是沒有太大的動搖。

「現在不是追究這種事的時候，應該考慮的是接下來如何收尾吧？」

凱梅列克子爵忍不住提高了音量。

要是這件事被捅開來，別說是他的市長職位不保，甚至可能會被終生監禁。他先前雖然裝出一副若無其事的模樣，其實心裡一直很不安。

「不用擔心，咱們的軍團長從明天開始會在醫院待上好一陣子，暫時沒空處理這點小事。」

凱梅列克子爵一下子就意會到對方的意思。只說住院，而不是辦喪禮，這代表對方不打算取走克維拉的性命。

「總之，接下來的事我會處理，你這邊也不能閒著。」

「那是當然，我需要做些什麼？」

「你是白痴嗎？當然是調查身邊的人。我剛才不是說了，桃樂絲為什麼會出現在那裡？這件事一定要查清楚。最壞的情況是，她正在這座城裡。」

「什麼！」

凱梅列克子爵聞言大吃一驚。

「哼，沒什麼好奇怪的。附近只有這一座城市，她在這裡的可能性很大。」

「沒錯，是我忽略了。」

凱梅列克子爵用手帕擦了擦額上的冷汗。

這麼明顯的事都想不到，可見他先前有多麼慌張。雖然暫時不用擔心克維拉那邊的問題，可是一想到那個可以正面單挑並擊敗變異戰蛛獸的通緝犯就在城裡，他就輕鬆不起來。

「當然，她也可能已經離開了。桃樂絲還在不在這座城，取決於她從魔王寶藏裡面得到了什麼。要是寶藏的體積很大或者數量很多，她想要吞掉寶藏就沒那麼容易……接下來的事，還要我教你嗎？」

「不、不用了。我知道該怎麼做了。」

「你最好努力展現自己的價值。」

「是、是。」

接著，那道聲音不再開口。

「……先生？」

凱梅列克子爵試探地喊道，但是遲遲沒有得到回應。直到過了將近一分鐘，他才相信對方已經離開了。

凱梅列克子爵靠著椅背，疲憊地揉了揉眼睛。他喝了一口水，然後看向牆上的時鐘，剛剛好七點整。他想起自己還沒吃晚餐，卻怎麼也提不起胃口。

「自己的價值……」

凱梅列克子爵重複了那道聲音離去前所說的話，然後露出苦笑。

這世上又有誰能明確了解自己的價值？所謂的價值，不過是他人所貼上的標籤。好用的話，標籤上的數字就高，反之就低。個人的喜好、個性、心情、尊嚴，全都不被列入考量。

「加洛依城市長」這個頭銜，在平民眼中是可望而不可及的存在，在低階貴族眼中是值得努力的目標，在大人物眼中則什麼都不是。價值的高低與否，會隨著評量者的主觀意志而變動，恐怕在那道聲音以及那道聲音背後的勢力眼中，自己就算再怎麼努力，也只有那點價值吧。

（……如果當初沒有加入的話，或許就不用感嘆這種事了。）

凱梅列克子爵看著喝了一半的玻璃杯，心中閃過後悔的念頭。

晨曦之刃——這正是凱梅列克子爵所加入的組織。

以推翻銀霧魔女的統治為宗旨，雷莫最大的反叛勢力。

若是不知內情的人，恐怕會覺得凱梅列克子爵發瘋了吧？出身名門、貴為市長的他，根本沒有必要成為叛亂組織的一員。

不過凱梅列克子爵並沒瘋，相反的，他很清醒。

因為清醒，所以他知道晨曦之刃這個組織沒有表面上看起來這麼簡單。

因為清醒，所以他知道若想實現自己的願望，唯有加入晨曦之刃。

凱梅列克子爵的雙親都是伯爵級魔法師，他的兄長更是成功衝上了侯爵級，並非凱梅列克子爵不夠努力，而是資質所限，也因此凱梅列克子爵在家裡面的地位頗低。他知道自己這一生的成就恐怕僅止於此了，因此便將所有希望放在下一代身上。

凱梅列克子爵一共有七名子女，個個青出於藍。他打從心底相信，這些子女們將為他這個父親帶來榮耀。如果他們能夠順利成長，一定可以達到伯爵級的高度，要是運氣夠好，甚至有機會像他的兄長一樣挑戰侯爵級。

然而，彷彿上天有意捉弄凱梅列克子爵一樣，他的子女接連死去。

死因是怪物。

魔法師的資質可以依靠血脈來遺傳，但為何魔法師的數量一直無法增加？最大的原因，就在於怪物。

貴族負有戰鬥的義務，每當城市周邊出現怪物，他們就必須挺身而出，就算明知打不過也得硬上。怪物的數量永無止境，每年死在怪物手中的低階貴族多不勝數。

凱梅列克子爵的子女在對抗怪物時身亡，相對的，身為大哥的凱梅列克侯爵，其子女卻一個也沒少。這不是因為凱梅列克侯爵的子女更加優秀，而是利用權勢之故。

軍隊在對抗怪物時，通常會先用騎士或勛爵打前鋒，一邊摸清怪物的戰鬥方式，一邊消耗怪物的體力，等到時機成熟，高階魔法師才會出面奠定戰局。

凱梅列克子爵的子女被派去打前鋒，凱梅列克侯爵的子女則跟著高階魔法師行動，真相就是這麼簡單。

凱梅列克侯爵的行為雖然令人鄙夷，但這在貴族圈卻是一種默認的規則。就連凱梅列克子爵自己，也是因為父母親透過種種關係，才能平安度過那段身為騎士與勛爵階級的時間。

凱梅列克身為侯爵，請人關照一下自己的姪子、姪女不過是小事一件，但他卻從未這麼做過，任憑凱梅列克子爵百般請求也一樣。

當凱梅列克子爵收到最後一個兒子戰死的消息時，他沒有安慰在旁邊哭得泣不成聲的妻子，而是逕自離開家門，來到了先一步離開人世的子女們的墓前，在心中默默立下一個誓言。

是因為覺得自己做得太過分，想要彌補一下兄弟嗎？還是因為聽到了他對姪子姪女冷酷無情的流言，想要證明自己的仁慈呢？凱梅列克侯爵後來邀請凱梅列克子爵擔任加洛依城的市長，凱梅列克子爵很快就同意了。

為了實現墓前的誓言。

報復凱梅列克侯爵的誓言。

※◆※◆※◆※

隔天一早，凱梅列克子爵便以市長的身分發布了特別治安強化方案，以一級通緝犯桃樂絲可能出現為理由，要求警備隊嚴格檢查出入城之人的身分，城內出現了許多臨時檢查崗哨，巡邏人數也增加了一倍。

警備隊與防衛軍不同，其任務在於維持城市治安，由於不需要面對怪物，因此全由凡人組成，只有隊長是騎士，有些城市的警備隊隊長甚至連騎士也不是。這種凡人部隊就算真的遇上桃樂絲，也無力逮捕對方。凱梅列克子爵當然不覺得光靠警備隊就能把桃樂絲揪出來，他的目標是桃樂絲的同黨。

如果桃樂絲真的奪取了魔王寶藏，而寶藏的數量又多到僅憑一人無法搬走的話，桃樂絲必定得找人幫忙運送寶藏，如此一來，勢必會露餡。這些協助者有可能是她的手下，也有可能是她臨時僱用的工人，只要找到這些人，就能循線找到桃樂絲，接下來的事就與他無關了，那是組織該煩惱的問題。

只不過，凱梅列克子爵希望桃樂絲最好沒有得到寶藏，或是得到寶藏後已經離開加洛依城。光想到有一個侯爵級魔法師蟄伏於城裡，凱梅列克子爵就覺得食不下嚥。萬一桃樂絲在城裡大開殺戒，事情就麻煩了。

遺憾的是，凱梅列克子爵的期待並沒有成真。

莫浩然的確在加洛依城，只不過身分從「桃樂絲」變成了「傑克·史萊姆」。

說來也巧，莫浩然是在第三中隊回歸的當天，也就是落春之月二十一日的中午時初，踏入了加洛依城的城門，若是用通俗的文學筆法來形容，就是第三中隊後腳才離開，莫浩然前腳就進去了。

「這就是人類的城市嗎？」

進入加洛依城後，伊蒂絲像是鄉巴佬一樣四處張望，從她的表情與語氣，莫浩然知道紅色的人格跑出來了。

「拜託妳表現得沉穩一點，妳這個樣子，不管誰看了都會覺得可疑。低調，低調妳懂嗎？我們不能太引人注意。」

莫浩然彷彿忘記了當初他第一次進入城市時的表現，皺眉提醒對方。

「就算她不是那個樣子，你們也已經夠引人注意啦。」傑諾在莫浩然腦裡出聲吐槽。莫浩然看了看四周行人的目光，無奈地嘆了口氣。

確實，以旁觀者的立場，莫浩然一行人實在是太顯眼了。

光是伊蒂絲一人就吸引了無數視線，美麗的外貌、獨特的銀髮、異色的藍紅雙眸，不論哪一項都足以令人為之側目，更何況是三者皆備？再加上在莫浩然身後浮啊浮的、疑似棺材的木箱，想要不引人注目實在是太難了。

「早知道就做得普通一點，長方形太像棺材了。」

莫浩然看著身後的木箱，對自己的思慮不周有些後悔。木箱是在第三中隊營地裡面用零碎木板勉強拼湊出來的，裡面裝著昏睡不醒的鬼面少女。

「那個、那個那個、那個是什麼？書裡面沒看過啊？」

伊蒂絲沒有理會莫浩然的勸告，正指著路邊的桿子大呼小叫。

「那是路燈。」

「路燈是長這樣子的嗎？不是應該更大更重嗎？」

「會長那樣子的，只有一百年前的路燈吧。」

諸如此類的對話自進入城市後就沒停過，要不引人注目也很難。

伊蒂絲自從有意識起，從未接觸過外面的世界。她的知識全部來自遺跡裡面的書籍，但那些畢竟是一百年前的書了，有些資訊早已過時。值得一提的是，那些書裡面似乎還有漫畫……

進入加洛依城後，莫浩然先在外城區找了一間旅館投宿，接著他將鬼面少女留在房間，然後前往位於內城區的魔協。

據傑諾所言，鬼面少女所受的精神侵蝕太過嚴重，需要一些特殊藥劑才能將其喚醒，那些特殊藥劑在市面上根本買不到，莫浩然只能從魔協想辦法。

加洛依城的魔協與茲納魯提城一樣，同為低調的灰色石砌建築，就連內部的裝潢也差不多，看來魔協高層似乎也有標準化的概念。

莫浩然與伊蒂絲一進入大廳，頓時成為目光的焦點。大廳眾人看向兩人的眼神有訝異也有鄙視，訝異的是伊蒂絲的美貌，鄙視的是兩人的窮酸穿著。加洛依城的貴族似乎比較看重外在的體面，大廳裡面幾乎人人都穿得光鮮亮麗。

莫浩然已經不是第一次造訪魔協了，於是直接走向櫃檯，伊蒂絲則是一臉好奇地四處張望。

「請問這裡的藍色級別是對應什麼樣的爵位？」

莫浩然詢問櫃檯人員。藍色級別多與該城市貴族平均實力掛勾。

「是一等勛，先生。」

櫃檯人員客氣地回答，沒有因為莫浩然的穿著而有所輕視。像他們這種在魔協工作的基層人員，大多只是最低階的騎士，沒什麼輕蔑他人的資格。

「一等勛嗎……知道了，我想發布委託，收購暗精石濃縮液、青環虹煉素，還有珀光重水，價格面議。」

「請給我您的黑牌。」

「沒帶，先用押金。」

「好的，請稍候。」

櫃檯人員將莫浩然的要求寫在紙上，然後拿出一本厚重堪比字典的大書開始翻閱。過了一會兒，櫃檯人員露出驚訝的表情。

「先生，您的委託屬於紅色級別，需要二十四銀夸爾。」

「果然……」

莫浩然暗中嘆了一口氣。傑諾說過，這些特殊藥劑不容易弄到，要是大城市還好，小城市的話，最少也是黃色級別。紅色級別已經算是一座城市的最高難度委託了，能否弄到這些特殊藥劑，恐怕只能靠運氣。

莫浩然將一個小皮袋放到桌上，櫃檯人員確認數量無誤後，便開始填寫相關文件。很快的，工作人員便將這份委託貼上了布告欄。發布委託後，莫浩然接著跑到布告欄前面尋找可以承接的委託，他的流動資金因為這次的發布委託而少了四分之一，必須想辦法賺一點回來。

莫浩然跟上次一樣，以承接修復魔導武器的委託為主。就在莫浩然做完登記程序，準備離開魔協時，伊蒂絲突然開口了。

「喂，只要像你這樣做就可以了嗎？那我也要。」

「啊？」

莫浩然訝異地看著伊蒂絲，只見這位魔力傀儡一臉躍躍欲試的表情。

「妳想接委託？」

「對啊！看起來好像很有趣。借我錢，賺到就還你。」
「……妳想接什麼委託？」
「先從簡單的試試看……像是這個。」
伊蒂絲指了一張綠色級別的委託，傑諾幫忙翻譯了。
「誠徵女服務生，工作輕鬆，無經驗可，薪水從優。報酬面議。」
聽完之後，莫浩然眼角抽搐。這種充滿可疑氣息，簡直像是色情酒店徵人廣告的委託是怎麼回事？
「……麻煩妳換一個。」
「為什麼？這個委託看起來很簡單很好賺啊！」
「啊啊，乍看之下是這樣沒錯，可是如果妳不想失去什麼重要的東西，還是別接比較好。」
「這樣啊，那這個呢？」
伊蒂絲指了一張藍色級別的委託，傑諾幫忙翻譯了。
「高薪徵求女伴遊，拋開世俗成見，自己的幸福自己掌握。報酬面議。」
「這跟剛才那個不是一樣嗎！」

「咦？女服務生跟女伴遊一樣嗎？」

「名稱不同，但本質上是一樣的！是說這種委託的級別有必要到藍色嗎？」

「書上說，要拋開世俗成見不是一件容易的事，所以比較困難吧？」

「雖然很有道理，但還是請妳換一個，拜託。」

「那這個總行了吧？」

伊蒂絲指了一張黃色級別的委託，傑諾幫忙翻譯了。

「徵求女王，會使鞭子尤佳，需擅長踩踏技能。報酬面議。」

「女王是什麼鬼啦！竟然還是黃色級別的委託！」

「不僅要求具有統治能力，還需要武器方面的技能，很有挑戰性的工作。」

「太有挑戰性了！所以絕對要換一個！」

伊蒂絲一邊嘟噥著「什麼嘛」、「真囉嗦耶」的抱怨，一邊在布告欄上尋找委託。

這傢伙真的沒問題嗎？看著來回走動的伊蒂絲，莫浩然的表情充滿不安。

※◆※◆※◆※

月光從雲隙間落下，為大地披上一層銀白薄衣。

在加洛依城一百多公里外的沉船山丘，有兩頭五級怪物正在彼此廝殺，原因是為了爭奪這片地盤的統治權。

在過去，曾有一頭高達五級的刃鱗甲骨獸君臨此地，後來這位怪物王者被一頭不知從哪冒出來的七級怪物當成了點心。

然而世事無常，就在前幾天，那頭七級怪物變成了破碎的肉塊，被無數沿著血腥味跟來的怪物所分食。

吃掉了變異戰蛛獸的屍體後，這些怪物變得比以前更加強大，不少四級怪物甚至變成了五級。這些新生的五級怪物為了搶奪地盤，展開了一場又一場的廝殺。敗者的下場不是落魄逃離，就是變成勝者的食物，到最後，只剩下這兩頭五級怪物。

就在戰鬥最激烈的時候，兩頭怪物突然同時停手，抬頭望向天空。

伴隨著雷鳴般的轟隆聲，巨大的黑影遮蔽了怪物頭上的月光。

這兩頭怪物暫時拋棄了敵對意識，對著緩緩從天而降的金屬巨物齜牙咧嘴。從未見過浮揚舟的牠們，將它當成了跑來搶奪地盤的挑戰者。

浮揚舟降落後，有兩人從艙門裡面走了出來。其中一人戴著黑色的面具，身形佝僂，頭髮灰白參半，顯然已經上了年紀。另一人則是褐髮的年輕人，看起來約二十來歲，有著一對三角眼。

三角眼青年見到了一旁的怪物，兩邊嘴角向上一扯，放出了靈威。怪物一接觸到靈威的壓力，立刻轉身逃跑。面對伯爵級魔法師，身為五級怪物的牠們毫無勝算。

走出浮揚舟後，面具老人與三角眼青年前往那座被搗毀的營地。兩人同時使用了瞬空之型，三角眼青年一下子就將面具老人拋在後面。等到面具老人抵達營地時，三角眼青年已經在洞穴裡面了。

「請你動作快點，巴魯希特技師。我很忙，沒空在這種地方浪費時間。」

三角眼青年催促面具老人，口氣相當不耐煩。

「不好意思，年紀大了，實在跟不上你們年輕人吶。」

「快點，看看是不是這個東西。」

三角眼青年用下巴指了指岩壁上的壁畫，面具老人走到壁畫前面仔細觀察，接著將手掌放在壁畫上感受了一會兒，最後點了點頭。

「是真貨。」

「哦？」

三角眼青年收起漫不經心的表情，挺直身體瞪著壁畫。

「法魯斯大人，請抓住我。」

三角眼青年左手搭上面具老人的肩膀，當他聽到「請小心」的下一秒鐘，視野突然一黑。一陣恍惚感猛然襲來，身體掙脫了重力的束縛，令他對空間的認知產生了錯亂。

「我們到了。」

面具老人的聲音讓法魯斯回過神來。

眼前呈現一片黑暗，於是法魯斯集中精神凝視，透過元質粒子看穿了隱藏於黑暗的事物。

「就是這裡嗎？魔王歐蘭茲的寶藏……」

法魯斯的表情有些激動。他們現今所在的房間，正是當初莫浩然被傳送進來後所遇到的第一個房間，房間裡面空空蕩蕩，只有兩扇門。

「法魯斯大人，請小心。雖然這裡已經先被桃樂絲劫掠過，但不知道還有沒有留下什麼陷阱。」

「不用你說我也知道。」

法魯斯哼了一聲，接著他閉上雙眼，調動魔力施展了明鏡之型。魔力絲線以法魯斯為中心，開始向四周擴張，半徑三百公尺之內的事物立刻映入腦中。

雷莫總共有十八位伯爵，法魯斯正是其中之一，也是唯一一個懂得明鏡之型的伯爵級魔法師。至於面具老人巴魯希特則是勛爵級魔法師，同時也是一名魔導技師。

透過魔力絲線的情報反饋，法魯斯很快就簡單掌握了周遭情況，他睜開雙眼，臉色變得很不好。

「情況如何，法魯斯大人？」

「……你自己看就知道了。」

法魯斯神色陰沉地打開其中一扇門，巴魯希特急忙跟上。很快的，巴魯希特就知道法魯斯為什麼會是那種表情了。這個藏寶庫裡面的東西不是碎了就是壞了，唯一稱得上完好的，只有那一箱箱的礦石而已，偏偏這也是最不值錢的東西。

「唉，埋了這麼多書，結果竟然全都腐朽了，可惜呀。」

巴魯希特看著輕輕一碰就會變成碎屑的大量書籍，語氣滿是遺憾。

所謂的魔王寶藏，其實就是魔王歐蘭茲的實驗室。

歐蘭茲不僅是一位稀世的魔法師，也是魔導科技的天才。他設計出微型魔力爐，改良了重力變換系統，研發新式魔導武器。

雖然不知道歐蘭茲為什麼要到處設置實驗室，但在他敗亡後，從這些實驗室裡面挖掘出來的資料確實大幅推進了傑洛的魔導科技。

法魯斯不是魔導技師，他只對有形的實物感興趣，偏偏這裡的魔導器具全是廢品，他越是探索，心情就變得越差。

「巴魯希特技師，這個修得好嗎？」

法魯斯將一把外觀看起來還算完好的魔導武器扔了過去。巴魯希特接住，他觀察一下武器內部的紋陣，然後搖搖頭。

「不行。紋陣缺損太嚴重，根本看不出裡面銘刻了什麼。」

「媽的！」

法魯斯朝腳邊的箱子用力一踹。

「好不容易把魔王寶藏弄到手，結果裡面全是垃圾。浪費時間！」

「請冷靜一點，法魯斯大人。把這裡徹底搜索一遍，再下結論也不遲。」

「廢話，這種事不用你來教我。」

法魯斯的口氣與態度完全沒有對於年長者該有的尊重與敬意。他是伯爵，巴魯希特是勛爵，兩者的身分天差地遠，若非巴魯希特是組織裡面少見的高級魔導技師，別說交談了，他連看都不會看對方一眼。

法魯斯與巴魯希特都是晨曦之刃的成員。

他們早在一個月前就收到指令，要來勘查這處魔王寶藏的真假。但因為兩人都有表面上的工作，無法立刻動身，等到他們好不容易抽出時間，卻傳來魔王寶藏很可能被一個名叫桃樂絲的傢伙捷足先登的壞消息，因此組織不惜派出浮揚舟，第一時間將兩人載來此地。

這處魔王寶藏是真是假？如果是真的，桃樂絲有沒有闖進去？如果闖進去了，她又從裡面得到了什麼？他們的任務就是要確認這些。

「要啟動傳送紋陣，不是只要灌注魔力就好，還必須注入正確的節點。如果桃樂絲真的能夠進來，恐怕也是對歐蘭茲技術深有研究的專家。能夠殺死變異戰蛛獸，又精通魔導技術，這樣的人才可不能放過啊。」

巴魯希特一邊搜索，一邊低聲感嘆。

凡是由歐蘭茲研發出來的魔導技術，都被稱為歐蘭茲技術，傳送紋陣亦是歐蘭茲技術的一種。

傳送紋陣要將魔力注入特定的複數節點才能啟動，就像是密碼鎖一樣，每一處魔王寶藏的傳送紋陣啟動節點都不一樣，而且非常複雜，如果是不懂得歐蘭茲技術的人絕不可能破解。

晨曦之刃是反叛組織，桃樂絲則是一級通緝犯，雙方擁有攜手合作的空間。要是桃樂絲願意加入，晨曦之刃的力量必定暴漲。

「誰知道那頭怪物是不是真的變異戰蛛獸？說不定是看錯了，把戰蛛獸誤認成變異戰蛛獸。」

法魯斯立刻反駁，顯然對巴魯希特如此推崇桃樂絲一事感到不快。

「法魯斯大人，變異戰蛛獸與戰蛛獸的外形差很多……」

「廢話！就算真的是變異戰蛛獸又怎樣？很可能不是她有這個實力，而是因為她在這裡得到了什麼好東西。」

「是的，您說得沒錯。我們的任務，就是查清楚這件事。」

法魯斯冷哼一聲，不再說話。

法魯斯很清楚，上面將會依據這次的調查結果，決定對桃樂絲採取何種措施。

殺死變異戰蛛獸一事，桃樂絲究竟是依靠自己的實力？還是依靠魔王寶藏？如果是前者，那就必須採取柔軟的姿態，邀請對方加入他們或是共同合作；如果是後者，那就直接將其殺死，把魔王寶藏搶回來。

據說桃樂絲只是一名尚未成年的少女，如果此人真是侯爵級魔法師，那可是百年難得一見的天才。

法魯斯雖然對此感到嫉妒，但還不至於讓情緒蒙蔽理性，故意胡亂調查、草率行事。要是因此導致組織多了一位大敵，就算法魯斯貴為伯爵級魔法師也會受到懲罰。

法魯斯不會在調查工作上作文章，但他也不相信桃樂絲真有那麼厲害。他堅信桃樂絲是一位魔導技師，擊殺變異戰蛛獸是魔王寶藏的功勞，當他進入正中央的秘密房間時，更篤定了這個想法。

「你看，這裡的魔力濃度異常的高，而且還在持續衰退，代表先前這裡放了什麼東西，後來被人拿走了。」

法魯斯指著房間中央的高臺，一臉自信地說道。

「……似乎是這樣沒錯。」

巴魯希特仔細觀察後，也同意法魯斯的判斷。

「走吧，已經沒什麼好看的了。」

法魯斯出聲催促，這裡什麼都沒有的破爛地方，他連一秒鐘都不想多待。

兩人就這樣離開了洞穴，搭載浮揚舟回去報告調查結果。

很快的，晨曦之刃的高層便做出了以下的決定——殺死桃樂絲，搶回寶物。

※◆※◆※◆※

在傑洛的四個人類國家之中，雷莫與亞爾奈互為宿敵。

這份敵意究竟是從何時開始累積的呢？即使是學識最淵博的歷史學者，恐怕也無法回答這個問題。唯一可以知道的事，就是雷莫與亞爾奈之間的鬥爭，從建國以來就持續不斷。

雖然彼此間的緊張關係會在不同時期有所增減，但是總體說來，互抱敵意的態度是不會改變的。彼此都將對方當成是不知何時會率先動手的敵人，因此對於軍事方面的整備和提升，兩國從未懈怠過。到了最後，也變成雷莫與亞爾奈在軍事力量上凌駕其他兩國的現象。

雖然雷莫與亞爾奈都因為經歷過一場不小的內亂，使得自身的軍事力出現了衰退。可是雷莫與亞爾奈的戰力，至今依然不是另外兩國能夠抗衡的。

整體說來，雷莫的軍事力量比亞爾奈略勝一籌。可是所謂的戰爭，並非單純依靠兵力的多寡就可以決定勝負。以少勝多、以寡敵眾的戰役雖非正道，但是也還是有成功的例子。只要能夠找到自身軍事力的特長，還是有勝利的機會。

艾芬與夏拉曼達的情況便是如此，亞爾奈的情況也是一樣。

而西之國亞爾奈之所以能夠對抗東之國雷莫，便是憑藉著「遠距離攻擊」與「秘密行動」這兩項特色。

亞爾奈擁有堪稱所向無敵的炮兵軍團，面對那無數的炮口，雷莫的國境線始終難以推進。而在那其中，特殊機動裝甲炮兵部隊「龍牙」的存在，更是讓雷莫軍隊感到頭痛不已。

然而，最讓東之國雷莫深感憎惡的，莫過於亞爾奈的另一支特殊部隊——隱密機動部隊「影伏」。

從諜報活動到暗殺行動，影伏部隊的任務成功率高到讓人咋舌，其失手次數屈指可數。對於雷莫而言，正面對決的亞爾奈炮兵軍團固然棘手，但是躲在陰暗處磨著刀刃的隱密工作兵更是可恨。

而這支讓人聞之色變、號稱「影子中的影子」的特殊部隊，便是由亞爾奈的軍務參謀總長直屬統率的。軍務參謀總長堪稱軍部的最高位階，由此可知這支部隊的重要性，以及亞爾奈對其倚重的程度。

軍務參謀總長名為克拉倫斯．哈帝爾，今年二十九歲，未婚，他是一名有著漆黑的長髮與銀色的眼珠，被人畏懼多過於敬重的男子。光就容貌而言，哈帝爾可稱得上俊秀，但他身上總是散發著深厚的陰沉氣息。

哈帝爾從不多話，不論站在他面前的對象為何，這名男子總是以最簡短的形式說出必要的話語，然後就閉口不語。

「跟這傢伙講話實在很有壓迫感！」

每個跟哈帝爾打過交道的對象，都抱著類似的看法。也因為如此，哈帝爾有著「沉默之劍」的綽號。

影伏第十七小隊隊長菲爾．艾弗納下午收到參謀本部的傳喚，然後就被領進了哈帝爾的辦公室。

艾弗納便是當初那支目擊了桃樂絲闖入魔王寶藏的影伏部隊。他昨天才從雷莫回來，並且連夜寫好了報告，沒想到早上才剛把報告交上去，下午就有了回應。

更令艾弗納吃驚的是，召見他的人不是上司，而是上司的上司的上司，軍務參謀總長哈帝爾。

「隱密機動部隊第十七小隊隊長菲爾・艾弗納報到，長官！」

艾弗納一進入辦公室，立刻大聲報告。

哈帝爾並沒有抬頭，只是看著桌上的文件而已。那是艾弗納所寫的報告書，裡面記載了此次任務的經過。

辦公室裡面一片寂靜，偶爾會傳出紙張摩擦的聲音。

這裡就像是屏除了聲音的異界一樣，艾弗納可以清晰聽見自己的心跳與呼吸。軍務參謀總長身上並沒傳來任何靈威，顯然刻意抑制住了。一般說來，許多將領都不會刻意太過抑制靈威，好讓部屬心生敬畏。這是一種很有效的統率技巧，就連艾弗納也時常用這種手段震懾手下。就這點來看，哈帝爾算得上是一名異類。

然而，就算哈帝爾沒有釋放靈威，這股充斥於室內的奇妙壓迫感卻跟靈威一樣令人難受。

就在艾弗納覺得自己的心跳聲都快要被這股靜謐吞噬時，哈帝爾終於抬頭看他。銀白的眼珠閃爍著冰冷的光芒，宛如倒映著月光的銳利劍刃。

「這份報告很有趣。」

哈帝爾開口了，他的表情與語氣始終維持著一貫的冷漠。

艾弗納察覺到這句話另有深意。

哈帝爾並不是一個會將幽默感與諷刺言詞融合為一的毒舌家，而是一個行事風格無比冷酷的男人，他會說出這種話，就代表這份報告書確實有什麼東西讓他感興趣。

「把事情的經過詳細說一遍。」

「是。」

艾弗納說明了他在雷莫的所見所聞，聽完後，哈帝爾什麼也沒有說，只是點了點頭。

「你可以回去了。」

哈帝爾說完，又繼續低頭看桌上的文件。上司的上司一開口，艾弗納也不敢再待下去，敬了一個禮後，便轉身走出辦公室。

關上辦公室的大門，艾弗納的表情有些困惑。就這樣？特地把自己叫來，就只是為了聽自己親口報告而已？這有什麼意義？

「你是誰？」

就在艾弗納皺眉思索的時候，耳畔突然傳來了一道清脆的聲音。

艾弗納循著聲音望去，發現身旁不知何時站著一位小男孩。

小男孩有著一頭顯眼的紅髮，清澈的茶色眼眸正好奇地看著自己。艾弗納一開始還以為這是誰家走失的小孩，但當他意識到小男孩竟然穿著與自己一樣的軍裝，胸前還別著階級章的時候，一個名字突然跳入他的腦中。

「我是隱密機動部隊第十七小隊隊長菲爾．艾弗納，長官！」

艾弗納立刻站直身體，舉手向小男孩敬禮。

沒錯，長官。

眼前這位紅髮男孩並非迷路的孩童，而是貨真價實的軍官，就連軍隊位階也比艾弗納更高。

紅髮男孩名叫席德．卡薩姆，軍務參謀總長的副官，年僅十二歲的伯爵級魔法師。雖然年輕，但是戰績彪炳，有過數次獨自擊敗六級怪物的紀錄。

「哦，就是你呀，你的報告很有趣哦。」

有趣？為什麼？艾弗納大惑不解。因為不知道這句話究竟有何用意，他只好暫時按照字面去解釋。

「謝謝誇獎，長官。」

「你要進去辦公室嗎？還是要出去？」

「我已經報告完畢了，長官。」

「哦，慢走，不送。」

「是，長官。」

艾弗納急忙離開，而卡薩姆則是打開辦公室的門，笑嘻嘻地走了進去。

毫無疑問的，席德．卡薩姆是個天才。

卡薩姆出身貴族名門，小時候就展現出超越常人的智力與魔力。他在八歲時就完成了成年貴族必須學會的各種知識與學識，並且成功跨過了伯爵級的門檻，成為亞爾奈有史以來最年輕的高位貴族，每個人都相信，這名男孩未來將成為亞爾奈的支柱之一。

眾人雖然對卡薩姆寄以厚望，但那也是五年、十年之後的事了。然而，就在卡薩姆十歲生日的那一天，哈帝爾竟然出現在他的生日宴會上，詢問卡薩姆要不要當他的副官。

當時每個人都以為哈帝爾是在說笑，因此就算卡薩姆當場同意了，大家也只是當作茶餘飯後的笑話在看待。沒想到數天後，哈帝爾真的簽署了一份人事命令，任命卡薩姆為副官，這下子所有人都笑不出來了。

這項前所未有的人事命令，在亞爾奈的貴族社會掀起了巨大的波瀾。

就算才能再怎麼出眾，讓一個十歲的孩童擔任軍部要職也未免太過荒謬了。除了國王與哈帝爾本人以外，其他人都抱著強烈的反對態度。就連卡薩姆的父母也是如此，他們認為哈帝爾別有用心，打算謀害自己的兒子，因此將卡薩姆關在家裡。

沒想到接下來的發展令眾人跌破眼鏡，卡薩姆竟然離家出走，直接搬進了軍方宿舍。隔天，這位年僅十歲的紅髮少年便以軍務參謀總長副官的身分，隨著哈帝爾出席了軍事會議，所有與會者當場傻眼了！

會議結束後，質疑與譴責的聲浪排山倒海般湧來，然而在哈帝爾那有如鋼鐵車輪般的手腕與態度下，所有的反對都被一一碾碎，最後終究無人能阻止卡薩姆成為哈帝爾的副官。至於卡薩姆本人也沒有辜負哈帝爾的賞識，任職至今，從未犯過什麼錯誤，反而立下不少功勳，使反對者找不到任何攻擊他的藉口。

「早安，哈帝爾大叔。」

卡薩姆以欠缺敬意的方式對自己的頂頭上司打招呼。哈帝爾抬頭看了他一眼，然後低頭繼續看文件。

「你在看什麼啊？」

卡薩姆好奇地跳到哈帝爾的桌子上，動作輕巧無聲。哈帝爾因亞薩姆的舉動而皺眉，不過還是將文件遞給了他。

「這是什麼……桃樂絲的追蹤報告？」

卡薩姆迅速翻了翻，文件裡面記載的正是有關雷莫一級通緝犯桃樂絲的消息，包括了通緝令出現的時間、疑似出沒的地點、各種相關的傳言等等，就算是雷莫自己所掌握的資料，恐怕也不會超過這份文件。

「真是大手筆啊，她有這麼重要嗎？難道是哈帝爾大叔的私生女？」

要取得如此詳細的情報，必然得花費大量的人力物力。如果對象是雷莫女王或者雷莫三公爵的話還無所謂，但只為了調查一個小小的通緝犯就傾注如此資源，這也未免太過浪費。

「唔，不對……大叔你今年二十九歲，那個桃樂絲好像才十五、六歲，時間合不起來。啊，不過也不排除大叔你年紀輕輕就勤於播種。」

哈帝爾默默地把文件抽回來。

「不是私生女嗎？還是說，大叔你看上她了？這樣不行哦，年紀差了一輪呢，這個搭配實在很糟糕。如果想找結婚對象的話，我想辦法介紹你一個吧？」

「有什麼事嗎？」

「哦，沒什麼啦，只是艾坦希亞那個老太婆又在發飆，來你這邊躲一躲而已。」

卡薩姆口中的艾坦希亞，與哈帝爾一樣同為公爵，亞爾奈軍方三巨頭之一，別名「繚亂之劍」。艾坦希亞與哈帝爾的不和人盡皆知，總是將「那個陰沉男為什麼不早點死一死」這種話掛在嘴邊。

「你對她做了什麼？」

「沒有啊，只是在王宮裡面遇到她，覺得她的氣色似乎不太好，所以我用你的名義關切了她臉上的皺紋數目，順便問候一下她的腰圍與體重。」

「……」

「那個老太婆簡直瘋了！竟然直接用暴雨之型轟過來！」

「……」

「女王陛下的花圃非常華麗地消失了。艾坦希亞說今天下班之後要跟你決鬥，女王陛下說修理費你要負責出一半。」

「是嗎？」

面對自己副官闖下的大禍，哈帝爾的回應異常簡單，彷彿這些只是不值得關心的小事一樣。見到頂頭上司一副完全不為所動的模樣，卡薩姆舉起雙手，做出投降的姿勢。

「哎，受不了，大叔實在很沒幽默感。剛剛那些是開玩笑的啦，重點在這裡。」

說完，卡薩姆從褲子口袋裡面掏出一份被折成四折的文件。

「雷莫那邊的消息，那群以太陽自居的傢伙傳來的。」

卡薩姆一邊說明、一邊將文件攤開，放到哈帝爾桌上。哈帝爾沒有立刻閱讀文件，而是冷冷看著自己的副官。

「……這麼重要的資料，你就這樣放在褲子口袋裡？」

「這樣才安全嘛。拎在手上的文件包有可能忘記帶走，但褲子總不會忘記穿上。」

哈帝爾沒再說什麼，開始低頭閱讀文件。這是一份有關雷莫軍方的情報，甚至連不久前空騎元帥亞爾卡斯遇刺的機密消息也記載於其中，顯然這份文件的執筆者對雷莫軍方的滲透已經到了相當程度。

「說起來，雷莫的女王可真是倒楣。有這種連自己國家都願意出賣的傢伙在拚命扯後腿，遲早會跌一個大跤，摔得連站都站不起來吧？哎，雖然對我們來講是件好事啦，不過還是挺同情她的。」

卡薩姆完全沒有身為部下的自覺，在一旁喋喋不休。從話語裡，可以聽出他對那群提供情報的協力者極為輕蔑。

卡薩姆雖是天才，但終究只有十二歲，仍擺脫不了屬於年輕人獨有的精神潔癖。

「名字取得倒是很好聽，晨曦之刃，哼哼！只不過啊，卻老是幹一些見不得光的事情，別說太陽了，那群人恐怕連月亮都不敢曬吧。」

哈帝爾沒有理會卡薩姆，他看完文件後，便將它整理好，放進自己的抽屜裡。

「我收到了，你可以走了。」

「咦？就這樣？」

哈帝爾面無表情地看著卡薩姆，冰冷的視線彷彿在訴說著：「你還想幹什麼？」

「不是嘛，那個……我很好奇呀，總覺得大叔你好像利用那群鼠輩做些什麼，我好想知道哦！透露一點點可以嗎？一點點就好！」

「不該知道的事，還是不要知道比較好。」

副官的哀求被冷酷地拒絕了。

克拉倫斯．哈帝爾是一名秘密主義者，他總是沉默地安排好一切，瞞著敵人，也瞞著同伴，等到敵人深陷計謀之網時，才驚覺事情已經不可逆轉。哈帝爾這種連同伴也不肯信任的態度，自然招來不少批評與敵人，軍方三巨頭之一的艾坦希亞也是因為這樣才敵視他的。

「哼，小氣。」

卡薩姆跳上一旁的沙發，在上面用力亂踩，沙發一下子就被踩得髒兮兮的。

「我說大叔，你也不要太沉迷在策劃陰謀啦！要是結果像三年前那樣的話，這次艾坦希亞那個老太婆絕對會把你拉下臺。」

三年前，在哈帝爾的策劃下，亞爾奈對雷莫發動了規模盛大的軍事行動，亞爾奈的軍方三巨頭也全部出動了。雖然派出了如此華麗的陣容，那場大遠征的結果卻不怎麼美好，甚至可以說是無功而返。

哈帝爾為此飽受責難，但那場軍事行動三巨頭全都投下了贊成票，另外兩人也無法完全置身事外，因此哈帝爾沒有受到太大的懲處。

「……放心好了，那種事絕不會再發生。」

哈帝面無表情地看了副官一眼。

「因為傑諾．拉維特已經不在了。」

※◆※◆※◆※

雷莫空騎軍團元帥英格蘭姆．亞爾卡斯懶洋洋地躺在樹上，他一手端著酒杯，另一手撐著後腦，一臉無聊地看著在不遠處來回走動的人們。那群人衣著華麗，氣質高貴，談吐有禮，一眼就能看出是貴族。

五分鐘前，亞爾卡斯也是那邊的一分子，而且還是核心人物之一，現在他卻坐在這邊冷眼旁觀，彷彿與那邊毫無瓜葛。

「亞爾卡斯大人！」

就在這時，樹下傳來一道熟悉的聲音。

「喲，原來是巴納修啊。」

亞爾卡斯輕抬手臂，朝樹下的副官做出敬酒的動作。

樹下的巴納修毫不領情，只是生氣地瞪著躺在樹上的上司。

「我還想說您到底跑去哪兒了，原來是躲在這裡！那邊好多人在找您呢！」

「哎，就是因為不想跟他們打交道，我才會躲起來啊。難道妳不懂嗎？」

「一眼就看出來了。可是這樣一來，他們就會跑來質問我，所以請您快點下來。」

「幫上司擋災，也是部下的職責。」

「女難之災這種事，屬下實在敬謝不敏。」

奈優．巴納修堅定地拒絕了上司的無理要求。

亞爾卡斯貴為公爵，自然免不了得應付來自貴族圈的應酬與邀約。亞爾卡斯地位崇高，加上年輕未婚，在貴族少女與婦女眼中簡直就是絕佳的情人候補。每次參加宴會，亞爾卡斯總有一種被肉食獸盯上的錯覺。

被女孩子倒追是好事，被十個女孩子倒追是豔遇，但是被五十個、一百個女孩子倒追，那就是種折磨了。當一百位女性彼此勾心鬥角，甚至動用家族勢力捲起爭風吃醋的漩渦時，再怎麼擅長遊戲花叢的老手也會淹死於其中。亞爾卡斯還想長命百歲，所以他毅然決然地逃跑了。

「嗚嗚，我好想早點回領地啊。在自己家裡就不會遇到這種事了。」

亞爾卡斯哀聲嘆氣，一點也沒有公爵的樣子。

亞爾卡斯目前正處於參謁狀態，需要在首都巴爾汀待滿兩年，身為外地人，自然不能隨便拒絕別人遞來的邀請函，那不只是無禮，更是一種樹敵的愚蠢行為。要是在自家領地裡面，他就是地位最高的那一個，想來就來，想走就走，誰也不敢說些什麼。

「現在說這些也於事無補，請您快點下來面對現實。」

「再等一下，再等一下，讓我再多聞一下樹木的芳香吧，我已經受夠女孩子身上的香水了。」

亞爾卡斯揉著太陽穴，說出了會令同性聽了為之憎恨的臺詞。

「唔，如果那傢伙現在還活著的話，我也不會那麼辛苦了。圍繞我的女孩最起碼會少一半。」

亞爾卡斯嘆了一口長氣。巴納修對亞爾卡斯口中的人感到好奇。

「您在說誰？」

「還會有誰，就是那個人啊，傑諾．拉維特。」

聽見這個名字，巴納修微微倒吸一口冷氣。她左右張望，確定沒有第三個人聽到。

「請您慎言！要是被其他人聽到……」

「被其他人聽到也不會怎麼樣，只要不是被女王陛下聽到就行了。」

巴納修頓時啞口無言。身為雷莫僅有的三公爵之一，亞爾卡斯無須懼怕莎碧娜女王以外的任何人，但那個名字是不能碰的禁忌，要是隨便將那個名字掛在嘴邊，就算是亞爾卡斯也會有麻煩。

「就算這樣，還是請您說話之前多想一想。要是被小人聽見，趁機向女王陛下大進讒言的話，對您會很不利的。」

「知道了、知道了。真是的，人都已經死了，卻連名字都不能提。平時明明器量很大，一扯到那個人就變得格外小家子氣，咱們的女王陛下還真是難懂。」

「亞爾卡斯大人！」

「哎，看來我也是喝醉了。」

亞爾卡斯一個翻身，從樹上跳了下來，然後走向花園出口。巴納修見狀急忙跟上。

「亞爾卡斯大人，您要去哪裡？」

「回去。突然沒興致再待下去。」

亞爾卡斯說完還打了一個哈欠，表情看起來跟平常沒兩樣，但巴納修看得出來，亞爾卡斯的心情變糟了。

很明顯，空騎元帥的變化，來自於那個名字。

傑諾・拉維特。

那是一個同時兼具了英雄與叛逆者的身分，無法單純以功過來形容的男人。

三年多前，雷莫國王驟逝，他的子女圍著僅能容下一人的寶座展開了激烈的爭奪。

然而，傑洛是個魔力至上的世界，血緣雖然重要，但魔力的重要性更在血緣之上。前任雷莫國王留下的眾多子女裡面，唯有兩人的魔力達到了足以承接王冠的資格，那就是身為長子的阿瑪迪亞克，以及么女莎碧娜。

雖然魔力不相上下，但才能方面，莎碧娜明顯勝過她的兄長。若是以選拔明君的角度來看，讓莎碧娜繼位才是最好的選擇。

然而，貴族們不希望捧出一個自己無法駕馭的王者，對於野心家而言，戴上王冠的人最好是一位聽話的傀儡，這樣他們才能在幕後吹笛拉線，讓國王隨自己演奏的旋律翩翩起舞。

莎碧娜的才能，反而成為她爭奪王位的最大阻礙。將近七成的貴族支持阿瑪迪亞克，只有兩成貴族願意站在莎碧娜這邊，剩下的一成則是冷眼旁觀。

當時不論是札庫雷爾或亞爾卡斯都還沒加入莎碧娜的麾下，銀霧魔女的陣營相當薄弱。但在某人的幫助下，莎碧娜不僅頑強地扛住了阿瑪迪亞克一系的壓力，甚至還能予以反擊。

那個人的名字，就是傑諾．拉維特。

隨著時間的經過，阿瑪迪亞克一系因爭權奪利而露出了頹勢。相對的，莎碧娜一系的勢力飛快膨脹，最後甚至到了足以與阿瑪迪亞克一系分庭抗禮的地步。

就在兩方陣營即將進行最後決戰時，莎碧娜一系卻遇上空前的危機。

亞爾奈突然發兵雷莫，從後方攻打莎碧娜！

原來阿瑪迪亞克暗中跟亞爾奈締結同盟，約定事後將一部分的領土割讓給亞爾奈。為了奪得王位、維護自己的權勢，他們不惜勾結外敵，出賣國民。他們似乎沒想過，這個策略一旦成功，他們就算打倒了莎碧娜，也會埋下無窮禍患。

但再怎麼鄙夷與痛罵，擺在眼前的現實卻是，莎碧娜一系已危在旦夕。

亞爾奈這次顯然是傾盡全力，軍方三巨頭全部出動，阿瑪迪亞克一系也是全軍出擊。莎碧娜一系的戰力根本不足以應付兩方夾攻，面對此等危局，豪勇的札庫雷爾臉色鐵青，瀟灑的亞爾卡斯也笑不出來了。

「沒辦法，我一個人去擋住亞爾奈好了。」

這時，傑諾．拉維特這麼說了。

他的表情看不到任何不安，彷彿只是要去院子裡拔草一樣，所有人都認為這傢伙大概是瘋了。

讓眾人跌破眼鏡的是，莎碧娜竟然採用了他的提案。

莎碧娜大膽地把所有兵力集結於一處，完全不理會從後方攻來的亞爾奈軍隊。

莎碧娜的決定固然讓人難以置信，但更令人難以置信的，是接下來的結果。

當莎碧娜擊破阿瑪迪亞克，率軍趕回後方的戰場時，呈現於眾人眼前的，卻是一幅超現實的光景。

亞爾奈軍隊被擊退了——只靠傑諾．拉維特一個人。

在地球，決定戰爭勝負的是軍人；在傑洛，支配戰場的是魔法師。

傑洛由魔力支配一切，國家與國家之間的戰鬥，左右局勢的永遠是魔法師，軍隊的作用僅在於確保城市的秩序與安全。與其說是傑諾．拉維特擊退了亞爾奈的數萬大軍，不如說他擊退了亞爾奈的數十名魔法師，但那也已經夠驚世駭俗。

英雄、就這樣誕生了。

然而在那之後，卻發生了一件更加令人意想不到的事件。

傑諾．拉維特要求以雷莫王位為賭注，向莎碧娜提出挑戰！

那場戰鬥在沒有第三者見證的情況下秘密進行，最後只有銀霧魔女一個人回來，至於挑戰者則不知所蹤，從此再也沒有他的消息。

傑諾．拉維特被打上謀反者的烙印，過往的功勛一筆勾消。他的名字成為禁忌，每個人在提到傑諾．拉維特的時候，總會用另一個稱號來取代。

叛逆的英雄……

探險日 04

黃金角笛的破滅與復活

「終於到了……」

望著加洛依城的高聳城牆，旅行商人西格爾有一種重獲新生的感慨。

每次從一座城市平安抵達另一座城市時，西格爾都會生出相同的感慨。野外旅行非常危險，就算是僱用了大批騎士作為護衛的大商隊，也很有可能因為遇到高級怪物而覆滅，更遑論像他這樣的獨行者了。

所謂的旅行商人，其實就是用生命在賺錢的職業。

西格爾是在落春之月二十四日來到加洛依城的，比起已經抵達的莫浩然或第三中隊晚了足足三天，除了出發的時間點不同之外，最主要的原因在於路線不同。

最先離開沉船山丘的是第三中隊，隔了一天，莫浩然才離開洞穴，而西格爾則是透過望遠鏡確認莫浩然離開後，先跑進洞穴裡面探索一番，但因為無法勘破壁畫的秘密而離開。

第三中隊雖然最早離開，但他們為了避開怪物而繞了不少路，莫浩然則是直線前進，所以才會同一天抵達加洛依城。西格爾沒有直線前進的本事，再加上中途為了躲避怪物而藏匿數次，所以才會晚了三天。

「哎哎，以前的冒險都沒有這一次來得刺激，那種誇張的戰鬥，以後恐怕再也沒機會看到啦。」

西格爾一邊自言自語，一邊驅車駛向加洛依城。長期獨自一人在外旅行，總是會多少養出些怪癖。他還曾經見過某位同行得了妄想症，老是對著空氣講話，以為自己有個妹妹，後來甚至說出要跟妹妹結婚這種蠢話。

「不知道那位女惡棍從魔王寶藏裡面得到了什麼好東西……」

西格爾不僅見證了莫浩然與變異戰蛛獸的對決，甚至還偷偷切了一塊變異戰蛛獸的甲殼，就放在車子後面。光是這塊甲殼就能讓他賺上一大筆，雖然沒有見到魔王寶藏，但也算不虛此行了。

當然，這也只是說說而已。要是莫浩然真的出現，西格爾鐵定有多遠跑多遠。

很快的，西格爾便抵達加洛依城的城門。城門口排著一條長長的人龍，等待通關檢查，以往這類的檢查都是看過黑牌就了事，但加洛依城的檢查崗哨卻不知為何格外賣力，除了檢查黑牌，還要被盤問與搜查行李。

西格爾遠遠見到檢查的情形，忍不住詢問排在他前面的老伯。

「請問一下，為什麼會檢查得這麼嚴格啊？以前不是這樣的啊？」

這名老伯滿身塵土，坐在翻土專用的重蹄騎獸上面，顯然是剛剛下田回來。他瞄了西格爾一眼，然後冷哼一聲。

「聽說有個很危險的通緝犯混進城裡了，好像叫桃樂絲什麼的，所以上面開始加強檢查。呸，全是屁話！誰不知道他們想趁機撈錢？」

老伯顯然不相信強化城門檢查的官方理由，在他看來，這無非是警備隊想多賺些外快的藉口罷了。但西格爾一聽，臉孔頓時失去血色。

桃樂絲在這裡？那個人形怪物在加洛依城？

西格爾當場便想調頭離開，但他很快就打消了這個念頭。多年行商所磨鍊出來的膽識與見識，讓他不至於魯莽行事。

桃樂絲在加洛依城也算合乎情理，畢竟附近就只有這麼一座城市。但那又如何？說不定人家早就已經離開了呢！就算她還在城裡那又怎樣？城市這麼大，彼此沒那麼容易就見到面，他不相信自己會倒楣到那種地步。

※◆※◆※◆※

「哈啾！」

站在魔協大廳裡的莫浩然打了一個噴嚏，這個行為招來了無數的鄙夷目光。能出入魔協的只有貴族，身為貴族，就應該知道什麼叫做禮儀、什麼叫做體面才對。當眾打噴嚏？好歹也用條手帕遮嘴吧，混帳！

無視於眾人那彷彿責難般的視線，莫浩然揉了揉鼻子，然後繼續看向布告欄。他的委託至今仍然無人承接。

莫浩然已經在加洛依城待了三天，也接了幾件修理魔導武器的委託，這裡似乎也有其他低階貴族跟他一樣在修理魔導武器，所以不至於像在茲納魯提城一樣引發騷動。

伊蒂絲則是跑得不見人影，不知道又承接了什麼委託。這位魔力傀儡對承接委託展現出高度的熱情，整天都往魔協跑，而且專門做一些奇葩委託，例如「協助減肥」、「製作手工布偶」、「馴服寵物」等等。這些事情有困難到必須上魔協發布委託嗎？莫浩然對此百思不得其解。

「這也不算壞事，正好可以讓她了解外面的世界。」

傑諾對伊蒂絲的行為倒是抱持著肯定的態度，於是莫浩然也就放任她去行動了。反正伊蒂絲也是魔法師，雖然只會一種魔法，但光憑她那大得嚇人的魔力領域，怎樣也不會吃虧。

事實上，傑諾一直懷疑伊蒂絲是「偶然的產物」。

「雖然沒有直接證據，但間接證據倒是不少。例如，她自稱是四十六號，但前面的四十五個編號為什麼不會動，唯獨她是例外？另外，那處藏寶庫裡面的東西全是缺陷品，她會不會也是其中之一？還有，她自稱是看守者，但幾乎什麼也不懂，她的知識全來自於藏寶庫裡面的書籍，這不合理。還有，可以任意切換人格也是一大問題，正常說來，沒人會想製造這種不穩定的魔力傀儡。」

在離開魔王寶藏，前往加洛依城時，傑諾曾經這麼說過。

在傑洛，魔力支配一切。不論是動物、植物或礦物，一旦遭到魔力侵蝕，就會產生巨大的變異，這種侵蝕無跡可尋，純粹是機率的產物。傑諾猜測，伊蒂絲其實原本是不會動的缺陷品，但因為長期浸染在禍式劍溢出的魔力之中，極為湊巧地發生了變異。

這也可以解釋伊蒂絲為何只會鎖縛之型，因為那正是用來結合她的身體組織的魔法。在變異的過程中，這個魔法被深深刻印於靈魂內，就像鳥會飛翔、魚會游水一樣，鎖縛之型成為她與生俱來的天賦能力。

「總之，先別管那個雙重人格的傢伙了，先搞定藥劑的事比較重要。」

看著布告欄上那貼得滿滿的紅色級別委託，莫浩然開始對取得藥劑一事不抱期望。

「去市場碰運氣吧，說不定有人會賣。」

「嗯。」

莫浩然離開魔協，聽從傑諾的建議前往市場。他也知道機率渺茫，但可以做到的事就要盡量去做。

「說真的，你為什麼堅持要救強化人造兵？」

在路上，傑諾突然問道。

「……幹嘛突然問這種問題？」

「只是好奇而已。你應該沒有救她的理由，雖然她沒有拿劍對著你，但她是敵人這件事並沒有改變。你不是一直想擺脫她嗎？趁這個機會把她甩開不是很好嗎？」

「她昏迷不醒，怎能就這樣拋下不管。」

「扔給這座城市的防衛軍就行了。然後她就會被軍隊送回莎碧娜身邊，得到最好的治療。」

莫浩然沒有回答。

傑諾的提案雖然無情，但並不算錯。如果真的為鬼面少女著想，這種作法說不定才是最好的。

只是，莫浩然覺得自己不能這麼做。

他無法解釋理由，只是單純地覺得這種作法不對。

他才十六歲，還無法用語言將心中的想法明確地描述出來，如果換成是閱歷豐富的成年人，或許就能從多種不同的角度解釋自己的言行了吧。

有時候，正確的作法並不是最好的作法，反之亦然。

莫浩然想起自己曾經聽過這樣一則故事：一個貧困的家庭，唯有父親擁有工作能力，但是妻子與小孩全都身染重疾，臥病在床。為了照顧妻兒，家裡的債務不斷累積，到了父親就算工作一輩子也償還不完的地步，最後父親帶著妻兒一起自殺了。

這是個不幸的故事，也是個在現代社會經常可以聽到的故事。

對這位父親而言，什麼才是正確的作法？

就算這位父親繼續咬牙苦撐，他的未來也已經注定了——工作到自己也倒下為止，然後仰賴親友的接濟，等到親友因為不堪重負而斷絕往來之後，全家人一起死去。

如此一來，那跟現在全家人就一起死有什麼不同？差別只在於父親不需要再多承受數年、甚至是數十年的痛苦罷了。那些親友雖然悲傷，說不定其實暗中鬆了一口氣，對父親的自殺額手稱慶。

當然，莫浩然知道自己目前的情況與故事中那位父親是不同的。但他隱約覺得，要是自己聽從傑諾的建議將鬼面少女拋下，以後若是遇到跟故事中那位父親相似的情況時，自己將會做出無情的決定。

為了某某人好，所以不得不這麼做——這種話雖然是美麗的理由，卻也很容易變成自我催眠的藉口。

被變異戰蛛獸追殺而不得不拋棄捷龍的那種痛苦與悲哀，他不想再嘗試第二次。

莫浩然不想再談論為何不拋下鬼面少女的事，於是轉移話題。

「反正盡量試試看，等到真的不行了再說。比起那個，有件事更加重要。」

「哦？」

「我記得你的全名，叫做傑諾．歐蘭茲對吧？」

「喂，別在這種人來人往的地方說這個啊！我之前不是跟你說過了，在我們這裡，名字是不能隨便告訴別人的。」

雖然莫浩然的聲音很輕，街道的喧鬧也足以不讓第三者聽去，但傑諾的反應還是相當慎重。

「我知道。我想問的是，魔王的名字不是也叫歐蘭茲嗎？難道你跟他有關係？」

「湊巧而已。」

「真的嗎？」

莫浩然實在很難相信。

「你該不會其實是魔王的兒子或孫子吧？所以才會被莎碧娜關起來。」

「……你的想像力也未免太豐富了吧？」

傑諾的聲音聽起來有些愕然。

「難道歐蘭茲這個姓氏很常見嗎？」

「要說常見嘛，是不算常見；但要說稀少嘛，倒也不至於。」

「……什麼意思？」

傑諾的回答簡直跟謎語沒兩樣。

「我不知道你那個世界是怎麼樣，不過在我們這裡，名字是很獨特的東西。對凡人來說，名字只是一種稱呼，但對魔法師來說，名字是聯繫世界的證明。」

「聯繫世界？」

「在傑洛，魔力支配一切。世界與魔力互為表裡，魔力的來源則是元質粒子。魔法師以自我意志駕馭魔力，以靈魂驅動元質粒子。當新生兒被雙親取名的那一瞬間，無名的靈魂就被賦予了意義，在世界留下屬於自我的刻印，而這個刻印也將與世界產生無法切斷的牽連。因此掌握了名字，就等於掌握了一個人的靈魂，因為名字是聯繫世界的刻印，而刻印會反過來影響靈魂。」

「……抱歉，我聽不懂。」

「……我想也是。算了，我就直接說結論吧。其實魔法師都有兩種名字，一種是用來讓外界辨識的『外名』，另一種就是在世界留下刻印的『真名』，這兩種是完全不同的東西。被人知道外名還無所謂，但要是被人知道真名就麻煩了，因為高階的魔法師可以利用魔力影響真名，進而操縱對方的意志。所以說，真名絕對不能被人知道。」

「你的意思是，那個魔王歐蘭茲的『歐蘭茲』，是外名？」

「嗯，魔王的外名原本不叫歐蘭茲，那是後來他自己如此自稱的，我想是因為他不想被人推導出自己的真名吧。畢竟雙親所賜予的名字，既是外名，也是真名。雖說魔法師的魔力越強，刻印於世界的真名也會有所變化，但不論怎麼變，必然會有一部分跟最初的真名互通。」

「唔……你的意思是，我出生時，爸媽幫我取了莫浩然這個名字，它既是外名，也是真名，但當我的魔力越來越強時，外名雖然不會變，但真名會有一部分出現改變？像是浩然零式或超級浩然，但『浩然』這兩個字不會變？」

浩然零式是什麼東西啊？超級浩然又是啥玩意兒？傑諾忍住吐槽的衝動，簡單的嗯了一聲。

雖然有些曲折，但莫浩然搞懂傑諾想要表達的意思了。

「原來是這樣……什麼啊，你只要說魔王的名字是假的，而魔王的假名剛好跟你的名字一樣不就得了？幹嘛囉囉嗦嗦講了一大堆！」

「只是看你一直沒把我的警告放在心上，老是把我的真名掛在嘴邊，所以趁機提醒你一下事情的嚴重性而已。」

「啊啊，我知道了，下次改進。」

莫浩然很沒誠意地道歉了，接著他想到，自己好像從沒問過鬼面少女的名字……

「咦？他竟然也在這座城裡？還真巧。」

莫浩然的思緒被傑諾的聲音所打斷。他轉頭一看，發現自己在不知不覺間已經走到了市場。至於引起傑諾注意的東西，是一頂破舊的帳篷，帳篷門口插著一根旗子。

旗子上面寫著——黃金角笛。

當西格爾見到莫浩然的那一刻，掛在臉上的營業用笑容瞬間凝固了。

雖然對方的頭髮顏色不一樣了，但變的也只有髮色而已，西格爾幾乎是一眼就認出了莫浩然。

「嗨，又見面了。」

莫浩然舉起右手跟對方打招呼。

「嗨、嗨、嗨嗨……」

西格爾不知道「嗨」是什麼意思，大概是某座城市的打招呼方言吧？他帶著哭一般的笑容，學著莫浩然舉手打招呼。

要死了！城市這麼大，為什麼真的會碰上她啊！難道自己真的這麼倒楣？西格爾一邊詛咒自己的運氣，一邊摩擦雙掌，努力讓自己的笑容看起來更加真誠一點。

「客客客、客人，沒、沒沒沒、沒想到又見見見、見面了，小小小、小人不勝榮幸幸幸幸！」

西格爾雖然及時矯正了表情，僵硬的舌頭卻出賣了他的心情。見識到斬殺變異戰蛛獸的那一戰之後，他對桃樂絲的畏懼變得更深了。

「不用那麼緊張。我想買東西，想問問看你這邊有沒有。」

「買買買買東西？當、當然沒問題，非常歡迎！」

西格爾不愧是有著長年行商與野外冒險經歷的旅行商人，很快就將自己調整到正常狀態。然而當他聽完莫浩然的要求後，立刻眉頭深鎖，露出為難的表情。

「暗精石濃縮液、青環虹煉素、珀光重水……這個，真抱歉吶，客人。」

「你也沒有嗎？」

「本店雖然也有兼賣一些藥劑，但很不巧，沒有您想要的這幾種，不過我可以幫您找找看，小人在這裡也有些門路。」

「這樣啊，那就拜託你了。什麼時候有結果？」

「這個……至少三，不，兩天就可以了。」

「那我兩天後再過來。」

「是，沒問題。請慢走，小心腳下。」

西格爾恭敬地把莫浩然送出帳篷，等到確定對方的背影沒入人群之後，他立刻衝回帳篷裡面收拾東西。

（開什麼玩笑！怎能再跟這種危險人物打交道？老子等一下就出城！）

西格爾匆忙收好貨物與帳篷，然後推著車子回到隔壁街的旅館。就在他整理好行李，在櫃檯取消訂好的房間時，突然有數名壯漢走進了旅館大廳。

這些壯漢穿著警備隊制服，腰間佩劍，表情嚴肅，目光銳利。他們一見到西格爾，二話不說便圍了上來。

「你、你們想幹什麼？」

西格爾驚惶大喊。其中一名警備隊隊員從隨身的袋子裡面取出了一塊形狀不規則的黑色物體。

那是變異戰蛛獸的甲殼碎片。

「這東西是不是從你這邊賣出去的？」

西格爾瞳孔頓時一縮。看見西格爾的表情，警備隊隊員便知道他們找對人了。

「把他帶走！」

「等、等等！我做了什麼？我什麼都沒做啊！你們抓錯人了！抓錯人了，長官！」

這群警備隊隊員無視於西格爾的辯解，就這樣將他架出旅館，推上獸車。

※◆※◆※◆※

西元一九六三年，美國氣象學家洛倫茲（Lorenz）提出了一篇論文，這篇論文根據大氣運動的規律，建立了一個簡化的數學模型，這個數學模型便是著名的洛倫茲方程式，也就是日後廣為人知的「蝴蝶效應」的雛型。

所謂的蝴蝶效應，是指在一個動態系統中，初始條件下微小的變化能帶動整個系統長期且巨大的連鎖反應。用通俗的說法，就是一隻蝴蝶在亞馬遜河熱帶雨林裡面拍幾下翅膀，可能兩週後在美國德克薩斯州引發一場龍捲風。

一個小小的改變，就可能造成系統的巨大變化。

傑洛與地球的差異也是如此。

魔力——這個地球沒有，而傑洛獨有的要素，便是造成一切改變的主因。

以科技為例，傑洛的科技化程度大約等於地球的工業革命時期，但在某些領域上，卻能做到就算是二十一世紀的地球也辦不到的事。

例如傑洛的魔力爐系統，在以最高級不穩定性變異元質粒子作為驅動核心的情況下，可以提供等同於核聚變等級的龐大能源。

科技的力量能夠強化統治的力量。電報、電話、電腦網路，每出現一項新科技，政府組織的行政效率也會隨之提升，傑洛的發展也同樣遵循這個原理。但眾所皆知，科技只是工具，一旦使用工具的人心生怠惰，所謂的效率就只是一種幻想。

加洛依城雖然在市長凱梅列克子爵的嚴令下，展開了一場盛大的治安強化行動，但並不是每個人都願意為這次行動付出百分之百的熱情。警備隊的人手有限，連日來的加班查緝，使得他們疲憊不堪。有些人為了對上面有所交代，乾脆偽造案件；有些人抱著少做少錯的心態，索性壓著案件不管；有些人趁機勒索，中飽私囊。在這種情況下，很難讓人相信這場治安強化行動會有多少效率。

原本像西格爾這種涉嫌重大的人犯，一旦遭到逮捕，應該要立刻向上面呈報，然後在第一時間提審才對。然而，由於某某警備隊隊員為了陪女朋友吃飯而趕著下班，或是某某警備隊隊員即將退休不想工作，或是某某警備隊隊員收了賄賂準備先處理別人的案件，或是更多其他不為外人所知的因素，於是西格爾在看守所裡面安靜地蹲了一個晚上，期間無人打擾。

「唉……」

望著牢房的鐵欄，西格爾長長嘆了口氣，覺得前途渺茫。

西格爾知道自己這次鐵定會破產。

警備隊把他的家當全部沒收了，就算日後自己被放出去了，那些東西也不會回來，或是只回來很小很小的一部分。

不過，那也是基於「自己會被放出去」這個前提下所發生的事。更有可能的，是他永遠出不去了。

至於理由？突染惡疾、犯人鬥毆、走路跌倒，要什麼藉口有什麼藉口，警備隊最喜歡像他這種在本地無親無故的犯人，處理起來不需要有太多顧忌。

「老爹，對不起啊，黃金角笛恐怕在我這一代就要倒閉了……」

西格爾喃喃自語，表情充滿不甘，但沒有怨恨。

要恨的話，可以恨的東西太多了。

桃樂絲、警備隊、自己的出身、不公的社會制度、扭曲的國家秩序……每一項都可以怨恨，但怨恨了又能怎麼樣呢？在怨恨問題之前，首先該做的是想辦法解決問題，這才是智者所為。

西格爾蹲在看守所的這一晚，不斷思考警備隊到時候會問自己什麼問題，自己又該怎麼回答，重點是保住性命。

就在西格爾在腦中預演第六套方案的時候，他並沒有看到，身後的牆壁突然無聲無息地出現一條黑色的裂縫。

這條裂縫非常筆直，就像用尺畫出來的一樣，長度大約一公尺。

很快的，牆上又出現了第二條裂縫，這次裂縫是橫向的，與第一條裂縫呈直角相交。第三條、第四條裂縫也接著冒出來，這四條裂縫形成了一個正方形。

接著那塊被裂縫圍住的正方形開始移動，砰磅一聲掉進了牢房裡面。沉浸於思索的西格爾嚇了一大跳，他急忙轉頭，然後看見了牆上的正方形大洞。

「這……？」

西格爾揉了揉眼睛，懷疑自己是不是因為太累而出現幻覺。但下一秒，他就知道這一切都是真的。

洞口外面出現了莫浩然的臉！

「喂，快出來。」

聽見牆壁對面傳來的催促聲，西格爾總算回過神來，他先是猶豫了一下，接著立刻鑽進洞裡。

他知道這一跑，自己就算沒罪也會有罪了，但總比沒命來得好！

鑽出牢房，破曉時分的微冷空氣讓西格爾忍不住打了一個寒顫，他本來想深吸一口氣，慶祝自己重獲自由，但莫浩然立刻使用瞬空之型，拖著他離開了看守所。

西格爾只覺得眼前的景物飛快倒退，耳邊風聲呼嘯，等到腳踏實地時，他已經位在一處充滿綠意的公園裡了。時值清晨，公園裡面沒什麼人，只有無數的清脆鳥叫聲。

「我回去時剛好看到你被人捉走，所以就來救你了。應該沒有多管閒事吧？」

莫浩然率先開口。

昨天莫浩然與西格爾分別後，突然想起自己手中的旅行麵包也快要沒了，所以回去想要請西格爾幫他採購。此時西格爾已經收拾好東西，莫浩然遠遠看見他正推著車子準備回旅館，接著目擊了西格爾被警備隊帶走的一幕。

莫浩然還指望西格爾幫他弄到藥劑，當然不可能坐視不管。他沒有當場出手，而是等到西格爾被關起來後，用明鏡之型弄清楚看守所的內部情況，趁著防衛最鬆散的時刻動手。至於他所用的魔法，正是他在魔王寶藏內偶然研究出來的拉鍊切割術。

西格爾回過神來，接著突然屈膝下跪。

「沒那回事！謝謝！您救了小人一命！」

由於沒想到西格爾會下跪，這次換莫浩然嚇了一跳。

「喂，快起來！沒有這麼誇張吧！」

「不，一點也不誇張。如果您沒有把小人救出來，小人必定會死在裡面。您的確是小人的救命恩人，這點毫無疑問！」

西格爾深吸一口氣，眼神似乎下定了某種決心。

「小人雖然沒什麼學問，但也懂得什麼叫人情世故、恩怨分明。請您允許小人希望隨侍於您左右，好報答這份恩情！」

此話一出，莫浩然當場愣住了。

他有沒有聽錯？

這是……收小弟的節奏？

西格爾抬頭看了一下，發現莫浩然雙眼瞪得大大的，看不出是喜是怒。他猜想對方或許是嫌棄自己分量不夠，找部下這種事就跟做買賣一樣，當然要挑好東西，於是努力強調收留自己的話究竟有何好處。

「像您這樣的大人物，當然看不上像小人這樣的卑微商人。小人能做的事情，也不過是幫您處理一些瑣碎事務而已。小人自知能力有限，但還是希望您能給小人一個報恩的機會。」

以這段話為開場白，西格爾開始說明自己的人脈究竟有多麼廣闊。想成為旅行商人，除了要有好眼力、好口才與好身手，更重要的是必須認識好朋友。這些朋友有多好？

好到不管你的身分是不是通緝犯、買的是不是違禁品、賣的是不是贓貨，只要給錢，保證什麼都不過問。

「黃金角笛」歷經六代，行商軌跡遍及全雷莫，西格爾幾乎每個城市都有一、兩個這樣的好朋友。所以他可以賣魔彈，也可以買旅行麵包；可以在市場找到位置擺帳篷，也可以在警備隊大掃街之前先一步收攤。這些人脈在貴族眼中或許微不足道，但這些微不足道的東西有時就是能派上用場。

西格爾不斷強調自己的功用，但莫浩然一句也沒聽進去。事態的發展太過意外，他根本不知道該做出什麼反應才好。

說起來，在莫浩然曾看過的漫畫或小說裡面，這種主角收小弟的橋段多不勝數，但他從沒想過自己也會遇上這種事。二次元與三次元是不同的東西，他很清楚這點，就算來到異世界，他也知道自己不是那種背負著主角威能的傢伙。

莫浩然雖然也算是貴族，卻是一個被通緝的貴族。別說是特權了，連逛個街都得小心翼翼。像他這種怎麼看都沒前途的角色，竟然還有人願意跟隨？這傢伙是不是腦袋有問題？

西格爾的腦袋當然沒有問題，他清醒得很。

西格爾很清楚，這次的逃獄雖然讓他保住一命，但通緝犯的標籤也同樣撕不下來了。再加上財產又被警備隊沒收，就算用走投無路來形容也不為過。事到如今，他只能投靠某個勢力，用自己的才能謀一條生路，用地球的說法，就是跑去混黑道。

既然要投靠，為什麼不投靠前途最光明的那一個呢？

莫浩然雖然是通緝犯，但這個身分並非不可逆轉。在雷莫，一旦有魔法師因犯罪遭到通緝，都會直接被冠上一級通緝犯的頭銜，但魔法師的實力要是強到某種程度，那情況就會變得不一樣。

貴族社會裡面，騎士多如狗，勛爵滿地走，這兩種位階的魔法師就算派上戰場也是炮灰的命。要是能成為男爵級魔法師，政府就會考慮招降你。要是能成為子爵級，政府反而會開高價優待你。伯爵級？開玩笑，大家都是足以受封城市的高階貴族了，誰會閒到沒事去當通緝犯？

西格爾可是親眼見到莫浩然幹掉變異戰蛛獸的那一幕，他雖然不認識變異戰蛛獸，但也知道那怎麼看也不像勛爵可以解決的對手。

換言之，莫浩然隨時有可能擺脫一級通緝犯的身分，成為上流社會的一分子。

到時候，自己不也跟著翻身了嗎？

根據西格爾的觀察，莫浩然還挺好說話的，不像一般貴族那樣盛氣凌人。要是真有那麼一天，莫浩然應該不會讓自己吃虧。

這就是西格爾的賭注——押上人生的大賭注！

最後在傑諾的鼓動下，莫浩然還是收留了西格爾作為隨從。

「這也不算壞事。有他在，至少補給方面不會有問題了。就算你完成契約回去了，他也可以當我的僕人。」

傑諾就這樣擅自決定了西格爾日後的職業道路。

「關於您要的那些藥劑，小人一定會給您找來。但小人的東西全被警備隊沒收了，其中包括了一些用來聯絡老朋友的信物。還請您寬限一些時間，五天……不，最多三天，小人就能把事情全部處理好。」

投靠莫浩然後，西格爾信心滿滿地說道。莫浩然一聽，頓時覺得有部下幫忙跑腿的感覺還真不賴，沒想到西格爾下一句話就讓他當場傻眼。

「不過，這個，您也知道，這個社會很勢利。要是沒錢，就什麼事也辦不了，所以可不可以請您提供一點活動經費呢？」

莫浩然有些能體會蛇哥的心情了。當老大的，養手下也不容易啊！

收下五枚銀夸爾，交換了聯絡方式之後，西格爾興高采烈地離開了公園。望著旅行商人逐漸縮小的背影，莫浩然不知怎麼的竟然有一種遇到騙子的感覺。

「要是他拿了錢卻一去不回該怎麼辦？或是他跑去密告的話該怎麼辦？」

當收服部下的喜悅冷卻過後，莫浩然開始擔心西格爾會不會反叛了，當老大果然是不容易啊！

「這也有可能呢，你就小心一點吧。」

傑諾的反應相當敷衍，彷彿勸說把西格爾收為隨從的人不是他一樣。

最後莫浩然搬離了原來的旅館，並刻意挑了一個便於監視原先旅館的房間，要是西格爾真的帶著警備隊出現，他也可以及時做出反應。平時出門，他也會用明鏡之型探查四周，看看是否有人跟蹤自己。

西格爾不知道自己的忠誠正遭到懷疑，但就算他知道了，恐怕也只能苦笑以對。

背叛當然也是一個選項，但這個選項無法為西格爾帶來最大的利益。

出賣莫浩然最多只能保住他的命，被沒收的財產絕對回不來，西格爾的商人魂絕不允許自己踏上這條愚蠢的道路。

與莫浩然分別後，西格爾立刻跑去拜訪了幾位好朋友，他把五枚銀夸爾全部花光，弄到了必要的武器、道具與情報。接著他做了一件非常大膽的事——襲擊警備隊的秘密倉庫。

警備隊在逮捕犯人時，經常會偷偷扣留犯人的財產。現金當然是立刻分贓，現金以外的東西則是運到秘密倉庫裡面，等過了一、兩年再把它們賣掉。這種事不是新聞，無論哪個城市都能見到。

嚴格說來，這個秘密倉庫不算秘密，就連外部人士也知道它的位置。但知道歸知道，沒人敢打那間秘密倉庫的主意。加洛依城警備隊的工作效率平時雖然飽受質疑，但要是誰敢動他們的小金庫，他們絕對會讓對方知道什麼叫閃電破案。

由於秘密倉庫長年以來一直處於風平浪靜的狀態，警備工作不免有些鬆懈，讓西格爾的襲擊順利得手。他不僅拿回自己的東西，也順便捲走了不少值錢的東西，這場襲擊行動迅速俐落，不留破綻，顯然這位旅行商人不只懂得買賣，在打劫這種非常講究職業素養的領域上，也是一位難得的行家。

「哈哈，傳承六代的旅行商店．黃金角笛再次復活啦！」

西格爾哼著歌，一臉愉悅地揚長而去。

探險日 05

桃樂絲一黨、成立！

凱梅列克子爵在落春之月二十五日時，收到了一封奇怪的信件。燙金花邊的精緻信封，帶有香味的高雅信紙，內容卻是一片空白，什麼也沒寫。凱梅列克子爵收到這封信後，便知道組織傳喚自己。

下班後，凱梅列克子爵趕赴一間名叫「熱亭」的餐廳。他進入早已預定好的包廂，裡面一個人也沒有。

「——上面下了新的指示，有關桃樂絲的。」

凱梅列克子爵才剛坐下，便憑空響起一道聲音。

「什麼指示？」

凱梅列克子爵一邊反問，一邊拿起桌上的水杯潤了潤喉嚨。

「格殺勿論，把魔王寶藏搶回來。」

「格殺勿論……？」

凱梅列克子爵放下水杯，露出啼笑皆非的表情。

「對可以宰掉變異戰蛛獸的傢伙格殺勿論？是我聽錯了，還是字典對『格殺勿論』的解釋有變？」

別說對桃樂絲格殺勿論了，她不對別人格殺勿論還差不多，凱梅列克子爵心想。在他看來，桃樂絲起碼是伯爵級，這樣的實力足以徹底血洗加洛依城。

「上面認為，斬殺變異戰蛛獸的不是桃樂絲，而是魔王寶藏的功勞。根據目擊者的描述，她很可能得到了某種魔導武器，甚至是魔操兵裝。」

第三中隊蓋爾與加洛克的報告曾明確指出，桃樂絲跟變異戰蛛獸搏鬥時，手中握的是一把「發光的劍」，那把劍很可能就是魔王寶藏。

「那又怎樣？就算依靠外物，她殺死七級怪物的事實也不會因此改變。這座城裡，沒人是她的對手。」

「所以上面派了法魯斯伯爵過來。」

「法魯斯伯爵……！」

凱梅列克子爵聞言不禁倒吸一口冷氣。雖然早知道組織的實力雄厚，但這也未免太雄厚了吧？那可是伯爵魔法師啊！這種人竟然能夠說派來就派來？晨曦之刃的勢力究竟有多大？

那道聲音似乎是嫌這個消息不夠驚悚，接著又拋出一個更大的重磅消息。

「為了保險起見，距離本城最近的兩座城市，上面也派人過去了。當然，一樣是伯爵。不過上面覺得，桃樂絲在這座城裡的可能性最高。」

凱梅列克子爵已經說不出話來了。

「一次調動三名伯爵，對組織而言也是一件很不容易的事。凱梅列克子爵，你的責任不輕。」

「我知道。」

凱梅列克子爵表情凝重地點了點頭。一口氣派出了三名伯爵，這番舉動不只顯示了組織的實力，更代表對魔王寶藏勢在必得的決心。能夠斬殺七級怪物的魔操兵裝，至少也是璽劍級，這種等級的魔操兵裝在雷莫也沒有幾個，難怪上面這麼重視。

「另外，還有一個未經確認的消息。監察院似乎派人過來了。」

「監察院？」

凱梅列克子爵忍不住站了起來，就算聽到組織能夠調動三名伯爵，他也沒有如此失態，由此可見這個機構的威懾力。

在雷莫，如果要讓貴族們將最畏懼的東西排出一個名次，列於首位的絕對是「殺也殺不完的怪物」，其次就是「監察院」。平時享受慣了特權的人，最恨也最怕的事情就是有人奪走他們的特權，而監察院專門幹這種事。

「別緊張。我說了，這是未經確認的消息。監察院裡面也有我們的人，要是監察院真有什麼大動作，一定瞞不過我們。」

「您的意思是……」

「恐怕是監察院正在調查什麼案件，所以派人來這裡搜證。無法確定消息，也是因為派來的監察使不是什麼大人物，說不定連正式爵位都沒有。」

「可是……」

「不用擔心。反正法魯斯伯爵要來，請他出手把監察使解決掉，然後全推到桃樂絲頭上，不就什麼事都沒了？」

監察院之所以讓人畏懼，在於它本身所擁有的權力，而非其武力。監察院的上級貴族僅有三位，他們的一舉一動都被人緊緊盯著，負責實際行動、搜集證據通常都是下級貴族。如果法魯斯伯爵願意幫忙，那些監察使確實不是對手。

「但，要是惹來位階更高的……」

使者被殺，監察院不可能不聞不問，很可能派出上級貴族來調查此事。到時他們隱瞞魔王寶藏一事很可能被揭穿。

「所以這是最後的方法，萬不得已的情況才會使用。到那時候，所有的證據都必須處理掉。」

那道聲音的語氣徒然冷酷起來。所謂的證據指的自然不只是物證，也包括人證，要是真做到那一步，恐怕這座城裡會有近百人突然死於非命吧。

「……我知道了。」

凱梅列克子爵沉吟了一會兒，然後點點頭。

「監察使的事情可以先放一邊，現在最重要的，是找出桃樂絲的下落。你那邊有進展了嗎？」

「已經清查了最近一週的出入城記錄，的確有找到幾個可疑人物。目前正在調查，但嫌疑者全是貴族，查起來沒那麼快。」

理論上，凡是出入城的人都必須查驗黑牌、繳交稅金，但這項規定對貴族而言形同容虛設。貴族從事走私活動不是什麼新聞，而是行之有年的古老歷史。

「不過目前有一個人最可疑。」

「哦？」

「魔協那邊，突然出現兩個沒人見過的勛爵，一男一女。男的叫傑克·史萊姆，女的叫伊蒂絲。他們承接委託不用黑牌，就算綠色委託也一樣。這兩人是桃樂絲黨羽的可能性很高。」

「勛爵嗎？這種程度的角色沒什麼好顧忌的，直接捉起來拷問就好。」

「要是讓桃樂絲有所防備就麻煩了。」

「這是你要想辦法解決的問題。法魯斯伯爵這兩天就會到，他沒辦法待太久，最多五天，你要在那之前找出桃樂絲的下落。」

「……我知道了。」

凱梅列克子爵將杯裡的水一飲而盡。

※◆※◆※◆※

加洛依城防衛軍第一大隊第三中隊隊長艾瑞・蓋爾現在非常不高興，而他也沒有掩飾這股情緒的企圖。這名男子滿臉不爽地走在街上，那張彷彿有人欠了他一百枚金夸爾的臭臉，加上高壯的身軀、腰間的佩劍，共同譜出了一首生人勿近的賦格曲。

「我說隊長，你那表情是怎麼回事？」

加洛克一邊吃著卡里豆，一邊疑惑地問著。

「我的表情怎麼了？」

蓋爾的聲音與他的表情一樣陰沉。

「一副好像女人被搶走了的樣子。」

「哼！」

「有什麼不痛快的事情，說出來會比較舒服一點，悶在心裡對精神衛生不好哦。說起來，從我們回城之後，你的表現就一直很奇怪。發生什麼事了嗎？」

加洛克是一個細心且聰明的人，他早就發現頂頭上司近來的表現很不對勁，但顧慮到恐怕涉及了什麼隱私，所以沒有貿然詢問。只不過蓋爾這次的低氣壓未免持續太久，難道不只是女人被搶了而已？他心想。

「什麼事也沒有。」

蓋爾斬釘截鐵地回答，口氣毫不猶豫。

「真的什麼也沒有？」

「什麼也沒有。」

「隊長，咱們也是老交情了。你看起來一點也不像沒事的樣子。」

「什麼也沒有。」

「……好吧，就當作什麼也沒有好了。」

加洛克聳聳肩。對於蓋爾的固執，他實在無可奈何。就在這時，街邊傳來一陣哭喊，兩人轉頭一看，發現有兩名警備隊隊員正在痛毆一名長相猥瑣的男子。

「哎呀，咱們的警備隊最近殺氣很重吶。」

看到猥瑣男子鼻青臉腫的模樣，加洛克吹了一聲口哨。

「說起來，隊長你有聽說了嗎？前兩天警備隊丟了個大臉，他們的灰錢包被人剪了個洞。」

「活該。」

「為了逮住那個剪洞的小賊，現在警備隊查案子特別賣力呢。」

「哼，主要是為了把錢賺回來吧。這種長著人臉的老鼠，我看了就討厭。」

城市警備隊與城市防衛軍屬於不同體系，彼此互看不順眼是常有的事。防衛軍認為自己在外面拚上性命掃蕩怪物，比起警備隊這種只會躲在城內作威作福的傢伙強多了；警備隊則認為防衛軍不算是本城人，像他們這種外來者隨時可以拍拍屁股走人，是擾亂地方治安的不穩定因素。

「媽的，我們在城外賭命，拿的薪水連修武器都不夠。這些人面鼠卻只要向平民勒索，就可以把口袋塞得飽飽的，真不知道誰才是貴族。」

「隊長，他們雖然不是貴族，但也跟貴族脫不了關係。」

「不是私生子就是情婦的親戚，還真是深厚的關係呀。」

蓋爾的諷刺並非誣陷，而是眾所皆知的事實。

貴族負有與怪物作戰的義務，面對殺不完的怪物，軍隊人手怎樣都不嫌多，因此城市警備隊除了總隊長是貴族，其成員多以平民為主。警備隊的權力很大，但編制有限，能夠擠進去的人，多半都有那麼一點背景。

蓋爾的心情原本就很不好，見到一向看不順眼的警備隊，心情頓時變得更差了。加洛克認識蓋爾也不是一天、兩天的事，看他的眼神，就知道這位頂頭上司恐怕想找警備隊出氣。

防衛軍與警備隊的鬥毆事件，每個月總會發生那麼一、兩次，大多都是防衛軍獲勝，但事後警備隊也會用一些檯面下的手段想辦法報復回來。一邊拳頭大，一邊門路多，誰也沒有贏過誰。雙方的大人物也懶得為這種事出面，反正只要不出人命就好。

「算啦算啦，隊長。咱們今天出來不是為了打架，是為了賺錢，別因為這種事浪費力氣。」

「……算他們運氣好。」

蓋爾猶豫了一下，似乎也覺得這些傢伙並不值得自己浪費時間，於是打消了找碴的念頭。

兩人就這樣穿過外城，走進內城。他們的目的地是魔協，打算承接委託賺點外快。像他們這種下位貴族與一般平民軍人不一樣，他們不必遵從軍隊的時間表，只要在掃蕩怪物時出現就好，時間還算自由。但這不代表他們可以過得很悠閒，大部分的下位貴族都會利用自由時間賺點外快，否則沒錢修理魔導武器。

下位貴族在參軍期間，若是家族無法提供金錢上的援助，那麼他們的收入來源通常只有三種：固定的軍隊薪水、斬殺怪物的特別獎金，以及業外收入。

自從第三中隊回到加洛依城後，不知為何一直沒有收到出動的命令。不用跑去城外掃蕩怪物雖然是好事，但這也意味著他們沒有特別獎金可拿。軍隊薪水一個月發放一次，現在已經接近月底，那點錢老早就花光了。

「說起來，為什麼最近都沒有派我們出動呢？其他中隊看我們的眼神都很奇怪。」加洛克突然說道。

日常巡邏的次數是固定的，第三中隊的出動次數減少，便代表其他中隊的出動次數必須增加，這種情況難免會引發眾人的怨言。

蓋爾沒有回答加洛克，彷彿不知道答案，也像是懶得追究這個問題，但其實他隱約猜出了原因。根據上次會見市長的經歷，再加上防衛軍團長克維拉的突然入院，他知道第三中隊陷入了某種陰謀之中。有人想把他們關在城裡，至於關起來後要做些什麼，蓋爾猜不到，也不願意去猜。

有隻看不見的手在操縱著他們。那隻手很大很長，絕非他們能夠反抗的對象。現在最好的方法是靜觀其變，要是輕舉妄動，那隻手會提早將他們捏碎。

因此蓋爾把一切藏在心裡，沒有告訴任何人。

很快的，兩人來到了魔協。

大廳裡面人來人往，出沒的貴族大多是騎士與勛爵，他們見到不少熟人，但也只是彼此點頭打個招呼。大家來這裡的目的只有一個，沒必要為了聊天浪費時間。

兩人走到布告欄前觀看委託，就在這時，一道陌生的聲音從旁傳來。

「請問，你是加洛依城防衛軍第一大隊第三中隊的隊長，艾瑞．蓋爾嗎？」

蓋爾與加洛克轉頭一看，發現出聲的是一位有著砂色頭髮與紅褐色眼眸的男子，年齡約三十歲出頭，長相英俊。這名陌生男子穿著講究，氣度非凡，一看就知道不是普通人。

「我是蓋爾，您是……？」

蓋爾提高了戒備，最近他對陌生人很敏感。

「不用緊張，只是有些事想請教你而已。」

陌生男子似乎看出蓋爾對自己的警戒心，表情溫和地說出來意。

不知為何，蓋爾原本緊繃的嘴角逐漸放鬆下來。他覺得自己似乎真的太緊張了，這不是什麼好現象。一旁的加洛克更是露出大大的微笑，甚至提出不如大家一起坐下來喝一杯的建議。

接下來，蓋爾與加洛克忘記了原本的目的，他們與陌生男子共坐一桌，開始講起前陣子的秘密任務，蓋爾甚至連市長秘密召見他的事也說出來了。

他們愉快地聊了將近一個小時，最後陌生男子很有禮貌地先行告辭，並且付了這一桌的帳，這讓蓋爾與加洛克覺得陌生男子果然是個好人。

等到陌生男子離開魔協後，兩人才隱約感覺似乎有哪裡不對勁。

「隊長，我們剛剛到底說了什麼？」

加洛克有些茫然地看著蓋爾。

「……媽的，『魅惑之型』！」

蓋爾臉色鐵青，知道自己中招了。

魅惑之型是一種利用魔力下達暗示，進而操控目標對象行動的魔法。要用魔力影響意志並不容易，施法者的實力至少要比目標對象高一個位階才有用。

「隊長……」

「這裡不是說話的地方，快走。」

蓋爾拉著加洛克，匆匆離開了魔協。

雖然不知道那名陌生男子是何來歷，但蓋爾知道，加洛依城即將迎來巨大的變化。

※◆※◆※◆※

就在警備隊秘密倉庫遭到不明人士襲擊後的第三天，西格爾遵守約定，來到了莫浩然所住的旅館。

被櫃檯人員告知這裡沒有名叫史萊姆的客人後，西格爾困惑地走出了旅館，接著便在對街見到了自己想要找的人。

「這是您要的東西。」

西格爾恭敬地遞上了一個大紙袋。

「因為不知道您需要多少分量，所以我把能弄到的分量全帶來了。」

「辛苦你了。」

西格爾的效率之高，讓莫浩然深感訝異。他在魔協掛的委託到現在還沒有反應，西格爾卻已經把其中一項弄到手，這位旅行商人的人脈與手腕超乎他的想像。

「哪裡，這點小事算不了什麼。」

西格爾謙虛地說道。為了弄到這些藥劑，他這幾天其實傷透了腦筋，欠了不少人情與債務，但這種事沒必要說出來，否則邀功的意味太過明顯。

「你在這裡幹嘛？」

西格爾的背後突然響起了第三者的聲音。他立刻轉身，同時左手置於腰帶之上，那裡藏了一把小刀。

在轉身的時候，西格爾的表情是緊張又嚴肅的，但轉身之後，他的表情充滿呆滯與茫然。

宛如星光編織般的銀髮，帶有神秘感的異色雙眸，出聲的人正是伊蒂絲。

「我託人買到了想要的東西。」

格。

莫浩然拍了拍手中的大紙袋。

「買到了？那是不是可以離開這裡了？」

莫浩然點點頭，伊蒂絲則露出高興的表情。這種情緒明顯的反應，看來是紅色的人

「太好了！剛好我已經接委託接到煩了。」

「妳之前不是接得很高興嗎？」

「一開始還算有趣，可是工作完成後，委託人卻一直纏著我。一下子說要請吃飯，一下子說要深入交流，每次委託都是這樣子，好煩。」

每次一與委託人見面，伊蒂絲的容貌總會讓對方驚豔不已。若是女性委託人的話還好，如果是男性委託人，大部分都會死纏爛打，就算是有婦之夫也不例外。在他們看來，會去魔協接委託的多半是窮困落魄的下位貴族，只要砸錢，就能讓伊蒂絲解開衣服。

伊蒂絲拒絕這些人的方式也很簡單，直接用鎖縛之型將對方定住，然後逕自走人。

「……妳也真是辛苦啊。」

「是啊，什麼時候走？」

「什麼時候啊……應該今天就可以了吧。西格爾，我們等一下就要出城，一個小時

後在這邊集合，可以嗎……西格爾？」

「咦？啊？是、是！下午一點是嗎？我知道了！」

西格爾總算從伊蒂絲的美貌中驚醒過來，慌慌張張地點頭。

「不是下午一點，是一小時後。」

「一小時？嗯，好，我知道了。我立刻回去準備一下。」

西格爾說完就跑走了，但每跑幾步就回過頭，向伊蒂絲投以痴迷的目光。

「那個人怎麼回事？像傻瓜一樣。」

看著因頻繁回頭而跌倒的旅行商人，伊蒂絲皺眉問道。

「說來話長啊。」

莫浩然捧著紙袋走向旅館，伊蒂絲緊跟其後。

當莫浩然與伊蒂絲走進旅館後，有兩名男子從街角走了出來。

「找到了。你去報告少爺，這邊我看著。」

「小心點，別被發現了。」

「放心。」

於是其中一名男子留在原地，另一名男子掉頭離開。

離開的男子快步奔跑，方向則是內城區。

向城門衛兵出示了家僕的證明徽章後，男子順利進入內城區，接著他跑進某間豪宅，經過通報後，他被領進豪宅主人之子的書房。

一名膚色蒼白的金髮年輕人坐在書桌後面，神情高傲地看著男子。當他聽完男子的稟報內容後，雙眼燃起了陰沉的憤怒。

「去外面等著。」

男子退了出去之後，金髮年輕人拿起桌上的鈴鐺搖了搖，一名管家模樣的中年人打開房門。

「請問有何吩咐，少爺？」

「我要出門，召集幾個身手好的跟我走。」

平時金髮年輕人只要一開口，管家總會無條件完成他的命令，但這次管家卻露出為難的神情。

「少爺，老爺說這幾天最好別出門，尤其是外城區。」

身為管家，屋子裡發生的大小事都必須全盤掌握。他知道少爺最近為了什麼事在發脾氣，也明白剛才那名男子跑來報告了什麼，更猜得出少爺現在打算做什麼事。

「囉嗦！我說要出去就是要出去！」

「可是老爺他——」

「少拿父親來壓我！要是他知道我受了什麼樣的汙辱，也會同意我這麼做的！這是為了守護夏塔家的榮譽！」

眼見少爺如此堅持，管家也只好輕嘆一口氣，躬身行禮。

「我知道了。」

離開書房後，管家立刻派人召集宅邸裡的私兵，五分鐘內在庭院集合。

貴族有豢養私兵的特權，這些私兵被取為「衛士」。雖然法律明文規定了每個位階的貴族所擁有的衛士數量，但許多貴族會以僕人的名義超養。夏塔家家主是男爵，法定衛士數量是十人，但庭院裡聚集的私兵卻超出了一倍有餘。

「我們走，為守護夏塔家的榮譽而戰！」

金髮年輕人意氣風發地大喊，接著便率領家族衛士浩浩蕩蕩地離開了。

「守護夏塔家的榮譽？」

看著大批人馬離去的身影，管家忍不住喃喃自語。

「追女孩子失敗，然後帶著衛士去報復，這叫哪門子的榮譽？老爺好不容易當上警備隊隊長，想搶這個位子的人多的是，大家都在盯著老爺犯錯呢。哎，只希望少爺這次別鬧太大，免得被捉到把柄。」

就在夏塔家的少爺為了討回失去的榮譽而出征時，夏塔家的家主正坐在警備隊隊長辦公室裡，簽署一份文件。

這是一份授權文件，內容是暫時授予外部人士協助警備隊執行任務的權力。只要有這份文件，就算不是警備隊隊員，也能夠調查或逮捕犯罪嫌疑人。

城市警備隊除了隊長以外，成員全是凡人。這樣的武裝力量用來對付一般民眾已經相當足夠，但逮捕對象若是身具魔力的貴族，那就另當別論。這時警備隊隊長有權簽署這份文件，聘請其他貴族出手，因此這份授權文件又被戲稱為「貴族召集令」。

至於為什麼不乾脆在警備隊裡設一些職位給貴族呢？

這是因為警備隊的工作對內不對外，要是此例一開，就會有大批貴族想辦法擠入警備隊，沒人出城掃蕩怪物了。

「人手都召集好了嗎？」

夏塔隊長一邊簽名，一邊詢問秘書。

「召集好了，已在樓下待命。一共十人，三名一等勛，三名二等勛，四名騎士。」

「報酬呢？」

「他們願意付出三成的回扣。」

「嗯。」

夏塔隊長滿意地點點頭。

警備隊隊長有權決定僱用哪些貴族協助工作，也有權決定支付多少報酬。每簽一份貴族召集令，他的口袋就會多鼓起一分。

「這次要逮捕的犯人非常凶惡。雖然只是兩名勛爵級，但卻是一級通緝犯桃樂絲的同黨，叫他們千萬小心。」

「是的，長官。這是一件非常危險的任務，就算受傷也是很自然的事。」

「嗯，警備隊是一個公平公正的組織。若是因公負傷，相關的醫療費與慰問金絕不會少。」

「回扣一樣是三成。」

「嗯。」

沒傷當輕傷，輕傷當重傷，重傷當傷殘，這是行之有年的默契。至於醫院那邊更不用擔心，相關的單據想開多少有多少。

「叫那些傢伙立刻出動。」

夏塔隊長將文件交給秘書。

※◆※◆※◆※

在旅館的房間裡面，莫浩然鄭重地分配藥劑的比例。伊蒂絲站在旁邊觀看，莫浩然的緊張似乎完全沒有影響到她，一臉好奇的表情。

「就是這個比例，倒進去就好了。」

傑洛的指示在莫浩然耳畔響起。

莫浩然將分配好的藥劑倒進同一個燒瓶，黑色的暗精石濃縮液、藍色的青環虹煉素，還有橘色的珀光重水，三者在燒瓶裡面混合成奇妙的紫色。

「好了。」

「這樣就好了？不用蒸餾或提煉什麼的？光倒進去就行了？」

「那種事對你來說太難了，簡單的作法就好。藥效雖然比較差，但還是有效的。」

「接下來怎麼做？餵她喝？」

莫浩然看著床上的鬼面少女，思考要如何執行「幫昏迷的少女餵藥」這種高難度的技術性作業。若是按照一般通俗的文藝片劇情模式，這時候就該搬出傳說中的口對口餵食模式……

「用吸的就行了。加熱燒瓶，讓強化人造兵吸進去。」

「……哦。」

莫浩然面無表情地用魔力加熱燒瓶，他也總算學會這招了，在野外洗衣服的時候很方便。因為加熱後燒瓶會變得很燙，所以莫浩然用鉗子夾住瓶頸，燒瓶裡的液體很快就沸騰了。

因為手邊沒有導管之類的道具，所以莫浩然只好將鬼面少女由臥姿改為坐姿，然後將燒瓶放在鼻子下方，讓氣體隨著鬼面少女的呼吸而吸入。

話說回來，要是真有導管，那個畫面恐怕會夢幻到讓人不敢直視，莫浩然心想。

當藥水剩下半瓶左右時，傑諾示意可以停止了。

「這樣就行了。接下來只要等她自己醒過來。」

「什麼時候才會醒？」

「誰知道呢，或許一小時，或許一天，視個人體質而定。這份配方主要是刺激患者分泌某種特殊激素，強化特定腦部區塊的活動，身體素質好的傢伙很快就會醒來。」

傑諾竟然搬出了一大堆地球的現代醫學用語，莫浩然原本想吐槽的，但想到這是召喚魔法的轉譯效果，於是忍了下來。

「啊，真快，已經醒了。」

「什麼？」

莫浩然連忙轉頭，發現鬼面少女已經睜開了雙眼。

「妳沒事吧？感覺怎麼樣？」

「……」

鬼面少女沒有回答。

她先是環視四周，然後將視線停在莫浩然身上。黑色的眼眸清澈如昔，但深處彷彿多了點什麼。

莫浩然已經習慣了鬼面少女的沉默作風，他吐了一口長氣，有種如釋重負的感覺。

鬼面少女嘴唇微動，似乎想要開口……

「桃樂絲，你看你看，外面好像很熱鬧！」

伊蒂絲的聲音突然插入，打斷了鬼面少女即將吐出的話語。

「怎麼了？」

莫浩然走到伊蒂絲旁邊，學她一樣看向窗外。

他們的房間正對大街，與旅館的大門同一個方向。從窗戶向下看，可以見到有一大群人正圍在旅館門口，似乎正在爭吵。

「夏塔少爺，請別讓我們難做。」

加洛依城警備隊特別行動組組長埃米利克勛爵一臉為難。

「什麼難做？你是什麼東西，敢對我這麼說話！」

被稱為夏塔少爺的金髮年輕人則是頤指氣使地大吼。

「我們是奉你父親的命令，來這裡逮捕犯人的，你現在是在妨礙公務。」

「笑話！奉我父親的命令？那你們就是我父親的部下，也是我的部下。既然是我的部下，就應該聽我的話。我是夏塔家的下任家主，我的命令與父親的命令有同等效力。少在那邊隨便亂栽罪名給我，信不信我只要一句話，父親就會要你跪著向我道歉？」

跟這傢伙有理說不清啊……埃米利克回頭看著身後的組員，他們也跟埃米利克一樣，表情滿是不屑、厭惡與無奈。

據說警備隊隊長有一個令他十分頭痛的獨生子，今天一見，果然名不虛傳。這種將自我置於世界中心的態度，簡直讓人無言以對。

埃米利克與他身後的九名組員一樣，是警備隊臨時聘僱的貴族。他們靠著巴結與賄賂，好不容易才求到這次賺外快的機會，因此不想太過得罪眼前的年輕人。雖說道理站在他們這邊，但要是他父親真的發怒，或是以此為藉口故意把報酬扣下來中飽私囊的話，那他們可就要哭了。

「夏塔少爺，我們必須把人帶回去，不能交給你——」

「閉嘴！那個女的如此羞辱我，不把她帶回去好好懲誡一番，夏塔家的榮譽何在？那個叫伊蒂絲的女人我一定要帶回去！」

「這不合規矩——」

「你是什麼東西，敢這樣跟我說話？規矩？此時此刻，我就是規矩！」

看見夏塔少爺如此無理取鬧，埃米利克也有點生氣了。他可是一等勛，而對方只是二等勛，根本沒有資格對他大呼小叫，要不是因為對方有個好父親，他早就一巴掌打下去了。

「算了算了，別跟這種小鬼生氣。」

後方的同伴見到埃米利克臉色不對，連忙搭住他的肩膀，低聲勸告他不要衝動。

「反正目標有兩個，帶一個回去也算有個交代，說不定夏塔隊長還要反過來欠我們人情呢。」

「……好吧。」

埃米利克深吸一口氣，露出勉強的笑容。

「我知道了。那個女犯人就交給你吧，但是男犯人我們一定要帶走。」

「算你識相。吶，搞清楚自己的身分，下次別再做蠢事、說廢話了。腦子這麼笨，真不知道你是怎麼當上一等勛的。像你這種笨蛋根本不配做貴族，應該去跟平民混在一起才對。」

夏塔少爺擺出一副勝利者的姿態，同時不忘數落對方。埃米利克握緊雙拳，好不容易才忍住揍人的衝動。要不是對方有個擔任警備隊隊長的父親，他一定會立刻提出決鬥要求，宰掉這個無禮至極的混蛋。

「那我們可以進去了吧？」

「讓他們進去。」

夏塔少爺一聲令下，原先堵住旅館大門的衛士立刻閃向左右兩側，讓了一條路出來。埃米利克在率領組員走向大門時，發現那些夏塔家的衛士全都用譏諷的目光看著他，心中的怒火越發高漲。這些衛士只是沒有魔力的凡人，竟敢對身為貴族的他們露出這種不遜的態度，真是豈有此理！

等到埃米利克一行人進入旅館後，夏塔少爺也率領手下衛士緊隨其後。這位金髮年輕人雖然自大無禮，但不缺乏小聰明，他擔心埃米利克會趁亂把自己的目標帶走，所以要跟在他們後面，好在第一時間把人搶過來。此外，雙方都各留了一個人看守大門，後門也同樣有人看守。

此時的西格爾正躲在街角，一臉緊張地望著旅館。

「怎麼這麼巧，偏偏在這時候被找到……」

西格爾喃喃自語，怨恨自己的運氣為何如此之差。

他在十分鐘前，就駕著新買的獸車來到旅館。但因為見到門口圍了一群人，因此沒有停留，而是繞了一圈，然後停在街角觀察情況。雖然他聽不見埃米利克與夏塔少爺的爭執，但也看得出這群人必定是為了逮捕桃樂絲而來，畢竟敢光明正大攜帶武器的，不是貴族就是警備隊。

現在自己該怎麼辦？西格爾皺眉苦思。

在他想來，對方既然敢找上門來，必定有十足的把握，這下子桃樂絲恐怕凶多吉少。那自己呢？趁現在逃出城市？還是留下來幫忙？

逃出城市，今後自己只能以通緝犯的身分不斷流亡。留下來幫忙，意味著自己將要面對一群魔法師。

「哪一種我都不想要啊……」

西格爾雙手抱頭，他最討厭這種不管怎麼選都沒有好結果的選擇題了。

（……還是逃跑吧！）

與魔法師為敵鐵定沒命，四處流亡至少還能活下來。俗語說得好：人生無時無刻都在與命運賭博。只要還有名為性命的籌碼，就算機會渺茫，也不是沒有翻身的機會。

就在西格爾準備驅車離開時，腦中突然閃過了伊蒂絲的臉孔。

「……媽的，拚了！」

西格爾咬牙鑽進後車廂，從暗格裡面取出武器。就在他準備駕駛獸車衝向旅館時，一幕景象突然映入眼簾，讓他打消了主意。

有三個人走出了旅館大門，他們正是莫浩然、鬼面少女與伊蒂絲。

留守大門口的兩人明明見到了他們，卻站在原地動也不動。仔細一看，可以發現這兩人面露驚恐。

他們中了伊蒂絲的鎖縛之型。

至於先前進入的那批人，同樣早就被制伏了。

警備隊誤判了莫浩然與伊蒂絲的魔法師位階，派來的人手最高也才一等勛。莫浩然輕輕鬆鬆地用靈威壓制了所有人，然後讓伊蒂絲封住他們的身體。

除非擁有特殊手段，否則低位階的魔法師絕非高位階魔法師的對手，這是鐵律。

西格爾的神色由呆滯轉為狂喜，連忙駕駛獸車迎向眾人。

雷莫曆一四〇六年，落春之月二十七日。

在這一天，一級通緝犯桃樂絲的行蹤，在雷莫西方的加洛依城被發現。雖然警備隊出動大批人手，制定了縝密的逮捕計畫，但沒想到對方竟有黨羽接應，以致功敗垂成。桃樂絲突破封鎖，成功逃離該城。

加洛依城警備隊在檢討報告中指出，桃樂絲憑藉著自己的凶名，收服了眾多手下，其中不乏魔法師，已成為一股不可小看的勢力，並建議今後若有城市發現了桃樂絲一黨的下落，最好請求軍隊出動。

《打工勇者03》完

後記

每次寫後記的時候，總會很煩惱。

想寫的東西很多，但都不是一些適合出現在後記的東西。

例如，因為缺乏運動而驚覺體重上升啦——

例如，因為沒有靈感而躺在地板上打滾啦——

例如，因為銷量不佳而蹲在角落耍陰沉啦——

例如，因為看到讀者的批評而思考自己為何出生啦——

以上這些，應該都不適合寫在後記……嗯，大概吧？

《打工勇者》終於成功寫到第三集，基本的人物、設定與伏筆也差不多鋪陳好了，從第四集開始，就會開始進入新的篇章。如果有人覺得前三集很沉悶，在此必須說聲抱歉。畢竟我選的是異世界穿越題材，時間軸又設定在穿越的初期，為了讓大家能跟著主角一起融入異世界，難免會有不夠精采的問題。

說起來，慢熱似乎是我寫小說的通病。

雖然我也很想改過來，但總是會不知不覺照著原先的習慣一直走下去。對於能夠體諒這點，並且願意一直支持的讀者，我由衷的感激。

那麼各位，第四集後記再見囉。

天罪　二〇一五年十二月

vol. 01
紅心大冒險
Hearts Dreamland
重花
羊角書系
第二彈
輕小說插畫名家——重花（麻紀）老師
繼《神臨誌記》再次挑戰長篇小說！
好奇心爆棚的 少女 遇上了在圖書館出沒的 紅心王子
一場在現世與異界穿梭的奇幻旅程就此展開——
您，準備好與重花老師一起遨遊鏡之國了嗎？
典藏閣
華文聯合出版平台
www.book4u.com.tw
采舍國際
www.silkbook.com
不思議工作室
立即搜尋
版權所有© Copyright 2015

NOVEL KILO
久木 ILLUST
紅蓮利梨花
大神的潛入者
TAKASAGO PROJECT
這本書或許可以
改變臺灣的輕小說!!!
輕小說
知名作家
天罪
推薦
如果二戰過後，臺灣依舊是日治，那會是什麼模樣？
殖民時代下最熱血的輕小說
架空歷史下的臺灣——高砂地區的反抗史詩！
本土TRPG名作《高砂幻想譚》原案，磅礡上市！
羊角
典藏閣
華文聯合出版平台
www.book4u.com.tw
采舍國際
www.silkbook.com
不思議工作室_
立即搜尋
版權所有© Copyright 2015

羊角系列015

打工勇者03

出版者■典藏閣

作　者■天罪　繪　者■夜風

總編輯■歐綾纖

製作團隊■不思議工作室

郵撥帳號■50017206 采舍國際有限公司（郵撥購買，請另付一成郵資）

台灣出版中心■新北市中和區中山路2段366巷10號10樓

電　話■(02)2248-7896　傳　真■(02)2248-7758

物流中心■新北市中和區中山路2段366巷10號3樓

電　話■(02)8245-8786　傳　真■(02)8245-8718

ISBN■978-986-271-643-4

出版日期■2016年2月

全球華文國際市場總代理／采舍國際

地　址■新北市中和區中山路2段366巷10號3樓

電　話■(02)8245-8786　傳　真■(02)8245-8718

新絲路網路書店

地　址■新北市中和區中山路2段366巷10號10樓

網　址■www.silkbook.com

電　話■(02)8245-9896

傳　真■(02)8245-8819

線上總代理：全球華文聯合出版平台

主題討論區：http://www.silkbook.com/bookclub　◎新絲路讀書會

紙本書平台：http://www.silkbook.com　◎新絲路網路書店

瀏覽電子書：http://www.book4u.com.tw　◎華文電子書中心

電子書下載：http://www.book4u.com.tw　◎電子書中心（Acrobat Reader）

☞您在什麼地方購買本書？☜

1. 便利商店（＿＿＿＿市／縣）：□7-11　□全家　□萊爾富　□其他＿＿＿＿

2. 網路書店：□新絲路　□博客來　□金石堂　□其他＿＿＿＿

3. 書店（＿＿＿＿市／縣）：□金石堂　□蛙蛙書店　□安利美特animate　□其他＿＿

姓名：＿＿＿＿地址：＿＿＿＿＿＿＿＿

聯絡電話：＿＿＿＿　電子郵箱：＿＿＿＿＿＿＿＿

您的性別：□男　□女　　您的生日：西元＿＿＿＿年＿＿＿＿月＿＿＿＿日

（請務必填妥基本資料，以利贈品寄送）

您的職業：□上班族　□學生　□服務業　□軍警公教　□資訊業　□娛樂相關產業

□自由業　□其他＿＿＿＿

您的學歷：□高中（含高中以下）　□專科、大學　□研究所以上

☞購買前☜

您從何處得知本書：□逛書店　□網路廣告（網站：＿＿＿＿）　□親友介紹

（可複選）　□出版書訊　□銷售人員推薦　□其他＿＿＿＿

本書吸引您的原因：□書名很好　□封面精美　□書腰文字　□封底文字　□欣賞作家

（可複選）　□喜歡畫家　□價格合理　□題材有趣　□廣告印象深刻

□其他＿＿＿＿

☞購買後☜

您滿意的部份：□書名　□封面　□故事內容　□版面編排　□價格　□贈品

（可複選）　□其他

不滿意的部份：□書名　□封面　□故事內容　□版面編排　□價格　□贈品

（可複選）　□其他

您對本書以及典藏閣的建議＿＿＿＿＿＿＿＿

＿＿＿＿＿＿＿＿

＿＿＿＿＿＿＿＿

未來您是否願意收到相關書訊？□是　□否

感謝您寶貴的意見

印刷品

$3.5
請貼
3.5元
郵票
不思議信箱
FUSIGI POST

235 新北市中和區中山路二段366巷10號10樓

華文網出版集團　收

（典藏閣－不思議工作室）

打工勇者 03

天罪 NOVEL
ILLUST 夜風